SARA LUTZ

LA FOLIE DE SOPHIE

TOTEM

Sara Lutz est née sur les bords de la Baltique. Très francophile, elle fit ses études en France, et vit maintenant dans les Alpes, au dessus de Grenoble où elle s'adonne à la traduction et à la littérature.
La folie de Sophie a d'abord été écrit en allemand puis Sara Lutz l'a elle-même traduit en français.

REMONTER A LA SURFACE

Deux versions du monde

Il y a deux versions de ce livre.

La première n'est pas celle que vous avez en mains. Pure fiction restée à l'état de manuscrit, elle mettait en scène une explosion, la rencontre entre la rationalité obligée et la puissance du désir, la politique et la sexualité. A la suite ou non d'un complot, ou d'un piège, un homme accusé de viol et candidat en France à l'élection présidentielle était arrêté en flagrant délit, ou presque, par la police de New-York. Cet homme, directeur d'un organisme international, prit soudain sous le regard de toutes les télévisions du monde, le visage mal rasé d'un criminel, ce qui donna un coup fatal à son ambition et le propulsa dans le néant.

La plupart de ceux qui ont lu ce manuscrit ont jugé cette version peu crédible, et cela au double sens du terme : personne ne croirait à la réalité d'un monde où une femme, noire et de condition modeste, ferait tomber un homme aussi puissant, et en conséquence, personne ne miserait un dollar sur une telle fiction.

Je suis donc revenue au fait divers qui m'avait inspirée, le reprenant tel quel, sans le travestir. Décidée à chasser l'imaginaire, à revenir sur terre, à me confronter au monde réel, je me suis rendue compte peu à peu, finalement, et au fur et à mesure de mon immersion dans cette histoire, que la réalité est toujours plus complexe, plus riche, plus surprenante que n'importe quelle fiction.

Auscultant le réel dans ses moindres détails, y compris dans ce qui est, et a été, volontairement ou non, dissimulé, j'ai entrepris d'écrire cette deuxième version, celle que vous êtes en train de lire, et qui est donc le résultat de mon enquête.

Cependant, si une des hypothèses de la théorie quantique est juste, celle qui avance l'existence de plusieurs mondes superposés, en l'occurrence ici le monde de la première version et celui de la seconde, les deux versions de cette histoire, alors, seraient vraies.

Je pourrais aussi le dire autrement, toujours en admettant une des hypothèses quantiques, et validant cette idée d'Heisenberg : le monde n'existe que si on l'observe. Ce qui revient à dire que le monde que nous décrivons est celui que nous observons.

Tout le monde, en effet, prétend connaître la réalité ; les bibliothèques du monde entier sont gorgées de livres qui décrivent le réel, sous tous ses aspects, géographique, historique, préhistorique, linguistique, psychologique, naturel, sociologique, sexuel, chimique, alchimique, cosmique, et les bibliothèques du monde entier sont gorgées de livres qui décrivent aussi le contraire, ou le presque contraire, l'envers ou la réfutation de tous ces livres-là, et dans les cafés du monde entier tout le monde autour d'un verre affirme sa vérité, mais personne ne la connait vraiment car la vérité du monde, la réalité du monde est un puzzle dont le nombre de pièces est inconnu, c'est-à-dire infini.

L'ironie, l'humour, la mélancolie bien tempérée, la musique de la distance et la patience doivent seules guider nos pas, tant est grande notre inconnaissance du monde et tant est petite notre connaissance, et c'est ce que je crois avoir fait. J'ai en effet traversé la comédie de ces existences, autrement dit cette tragédie, avec prudence et en essayant d'être au plus près de ce qui me semblait être vrai, ou plausible, ou possible.

Naturellement certaines choses ont pu m'échapper, et je n'en doute pas, mais je n'ai pas dévié d'un pouce de ma nouvelle ligne de conduite : tenter de ramener ces fragments de réalité à la surface depuis les profondeurs où quelques uns ont cru les avoir précipités.

Dans ces conditions où traquer la vérité, ou une vérité, devint une épreuve, je n'ai guère été surprise de voir bien des acteurs de cette histoire se défiler, parfois au dernier moment, et ne pas venir aux rendez-vous promis. J'ai donc rencontré très peu de ces gens-là physiquement, mais en ces jours du monde où la vie privée, voire la vie intime tendent à ne plus être ni intime ni privée, j'ai largement eu le loisir de *croiser* l'ensemble des acteurs de cette histoire dans la presse, à la télévision, et sur internet, lieux où le jaillissement continu des pixels et des mots, le jaillissement continu de tous les codes, de tous les chiffres, de tous les alphabets, de tous les signes, reconstituent le monde en son entier, et où donc la quasi totalité du monde réel existe en double, j'ai largement eu accès, ainsi, à la lumière, à la vérité de cette tragédie.

Vox

Avant que ne commence ce récit, j'aimerais que vous entendiez ces personnages, comme moi en effet j'ai pu les entendre. Leurs conversations privées, naturellement je les ai imaginées, mais connaissant leurs liens, leur rôle, leurs actes, je ne pense pas être loin de la vérité ; leurs voix, je les ai passées en boucle comme une musique, pour bien m'en imprégner, attentive à leur timbre, leur tonalité, leur mélodie, leur rythme, leur tempo, car cela en dit presque autant que les mots eux-mêmes, et sans doute parfois plus. Les voix sont l'essence de celui qui parle, la trace inconsciente de sa vérité. La singularité de chaque voix est à l'image de la multiplicité du monde, une tentative de résistance face au foisonnement du monde et à notre incompréhension. Un visage est unique, et c'est bien ce que signifie la photographie du visage sur une pièce d'identité, ce n'est pas un pied qui est photographié ; la voix a cette même valeur et pourrait jouer ce rôle dans une pièce d'identité vocale.

Ainsi, quand Suzan dira à Sophie : « Pendant que tu préparais le repas, j'ai reçu un coup de fil de Delaunay », il faut l'entendre avec un accent irlandais. Ou anglais, ce qui est plus facile, mais sans doute un peu faux. Ainsi « j'ai reçu » pourrait se prononcer *« j'è reçiu »,* et « pendant que tu » se dire *« pendant kheu tiu ».* L'accent est une géographie et une histoire, nous sommes plus ou moins étrangers à la langue maternelle des autres, nous avons tous un accent singulier, où notre géographie et notre histoire continuent à s'exprimer malgré nous. Et pour ce qui est de Suzan, au-delà du charme que suscitent les belles étrangères, la tonalité assez froide de son accent ne tient pas seulement au climat de son pays natal, mais aussi à la rigueur électrique de sa pensée.

Pour essayer de bien « voir » Théo, sachez qu'*il est entièrement dans sa voix*, qu'il y met beaucoup d'enjeu ; dans cette voix passe un désir de séduire, de capturer, bien supérieur à celui d'échanger. Ce psychanalyste semble habité par le regret de ne pas être un écrivain de droite, à l'ancienne, un fétichiste amoureux des adjectifs qui claquent.

Sophie, elle, est une femme du Sud : il me semble qu'à Montpellier on parle cette langue là, une langue assez noble, comme un accent marseillais qu'on aurait un peu raboté, le bel accent de Guédiguian par exemple, et qu'on entendrait plus fréquemment à Marseille si Marius et Fanny n'y avaient jamais habité. La rectitude de cette langue, est-ce cela qui donne à Sophie cette confiance inébranlable ?

Quant à Freddo, Tonio, *e tutti gli altri*, embellissez-les comme si vous étiez au cinéma, pour voir *Il bidonne*, de Fellini, ou *Uccellaci e uccellini* de Pasolini, ou, en les imaginant tels qu'en eux mêmes, comme si vous vous étiez égarés une nuit dans la ruelle Santi Filippo e Giacomo dans le quartier de Spaccanapoli à Naples, et que, légèrement inquiets, vous vous demandiez comme en sortir au plus vite.

Schuman, maintenant : c'est facile mais je le dis quand même, la voix de Schuman n'est pas aussi belle que les mélodies des *Liederkreis* de Robert Schumann. Elle est un peu grasse, celle d'un homme qui a accumulé des expériences dans des champs aussi divers que ceux de la politique, de l'argent et de la sexualité tarifée.

Pour Victor, c'est très simple : il parle par la voix de Martin, qui est mort, et qu'il n'a jamais connu. La couleur serait le blanc cassé, le tempo celui d'une monodie, d'une absence de rythme ; mais paradoxalement, on peut entendre une mélodie dans la longueur de ses phrases et la douceur têtue de ses argumentations.

Tariq Hoveyda, lui, est né au Liban et presque tout dans sa voix semble évoquer la nécessité de faire oublier les r qui roulent dans la langue arabe. Evoluant dans un milieu d'hommes d'affaire européens, il pense que cette arabité est un handicap. Ainsi dans ses négociations ou ses confrontations avec les autres il met deux fois plus d'énergie et de rigueur, ce qui lui donne un avantage certain.

Isabelle, quant à elle, cette belle est tellement déterminée à écarter de son chemin les importuns, les inopportuns, que j'entends déjà dans sa voix le moment où, se libérant enfin, elle lui donnera plus d'amplitude.

Et Laetitia : on dirait qu'elle chuchote. Mais chuchoter ne signifie-t-il pas qu'on a quelque chose d'important à dire ?

PARTIR POUR VANCOUVER

Revolver

Il faut bien que ça commence quelque part ce qui va arriver, ce qui arrive, ce qui est arrivé. Comme une balle de revolver, même si elle doit faire le tour de la Terre. Toutes les choses naissent dans le même monde, et le monde n'est qu'un grand corps unique.

Maintenant que la vie de Victor est définitivement rabotée dans son ambition, qu'elle tient presque toute entière dans la paume d'une main, je peux dire qu'elle était réduite à la préoccupation d'une seule chose, le désir de ne pas être soi, le désir d'être un autre.

Ce qui avait commencé et fini dans sa vie, ce qui était sa balle de revolver, ce qui l'avait fait tel qu'en lui même, sa préhistoire, tout cela avait déjà eu lieu avant même qu'il ne naisse, plusieurs années avant qu'il ne parvienne au monde.

La vie de Victor était totalement absorbée par l'idée du double, voilà sa vérité. Il a agi comme s'il avait eu plusieurs vies. Et maintenant c'est comme s'il n'en avait eu aucune.

Car il ne fut rien d'autre que l'ombre d'un frère qu'il n'avait jamais connu, disparu avant que lui, Victor, ne soit promu au rang de nouveau vivant.

Dans la maison familiale, il y avait une seule image de ce frère. Dans la chambre des parents, enfermée dans un cadre doré, accroché dans un renfoncement, entre le mur et une massive armoire en chêne.

Sur cette photographie, Martin, cet enfant, a cinq ans, ou six ans. Dans une allée automnale, fixant l'objectif d'un air mélancolique. Derrière lui, des promeneurs inconnus, inattentifs passent derrière l'objectif, ombres se fondant dans l'ombre des marronniers.

Victor n'eut pas souvent l'occasion de voir cette photographie, la chambre des parents étant un lieu interdit, mais une fois aurait de toutes façons suffit. Ce frère devint pour lui, le confident, l'ami, un autre lui même. C'est à dire lui même.

Son nom était rarement prononcé, son souvenir tout aussi rarement évoqué, mais la nuit, à l'heure où l'on croit que la vie des enfants s'arrête, Victor entendait son sang circuler dans le sien, son pouls battre en silence, quelque part, nuage se diffusant goutte à goutte sous la peau.

Dans cette photographie, Victor entendait les chaussures de l'enfant crisser sur le gravier, et, à son tour, il foulait les feuilles mortes de l'allée, emprisonnée dans ces arbres rugueux et vieillots, croisant des regards absents, des corps inhabités, passant dans le vent glacial.

Martin était mort d'une leucémie, à quinze ans. Et ses parents avaient fabriqué Victor pour essayer de combler le vide qui s'était soudain ouvert devant leurs pas, qui les avait fait pâlir, et d'un seul coup, vieillir.

Victor, terrifié par ce rôle, ce trop d'amour déversé parce qu'il était là, et non parce que c'était lui, s'était détourné de ce regard, cherchant sans cesse celui de Martin, cherchant le souvenir de Martin sur son lit d'hôpital, un Martin, un lit, un hôpital qu'il n'avait, bien sûr, jamais vus, se récitant à son tour un poème que Martin, paraît-il, buvait comme de l'oxygène, comme d'un appel au secours :

Toi qui pâlis au nom de Vancouver…

Victor ignora longtemps le sens de ce mot, peut-être ne savait-il même pas que c'était une ville, mais il l'avait associé à la pâleur du visage de son frère, blotti dans un oreiller trop grand pour lui, flottant dans la blancheur d'un monde où il allait bientôt se fondre, s'effacer.

Depuis sa petite enfance, Victor fut ainsi habité par ce frère, à qui il voulut enfin donner une existence, ce frère dont le passage, sur terre, fut léger, trop léger, à peine le poids d'une plume.

Triptyque de la Névrose

« La névrose familiale, dite névrose commune, peut être désignée par une série de symboles, le cercle, la maison, *l'habitus*, un espace clos, *l'habitude affective*, et l'impossibilité d'y échapper. La famille est la mesure du temps, et la névrose est éternelle. On ne sort pas du cercle, on ne claque par la porte de la maison, parce que la névrose est la famille, et la famille est la névrose. »

Ian Obloski a peint un triptyque où des êtres, ou plutôt des corps, déambulent dans des pièces qu'ils sont sensés habiter, et dans lesquelles ils ont surtout l'air de somnambules. Cette peinture montre un appartement aux couleurs acides, murs bleu clair, moquette vert pomme, fauteuil rouge.

Dans la première image un homme est assis dans le fauteuil, mais il ne fait rien ; il est seulement assis dans ce fauteuil rouge. Dans la deuxième, il s'est relevé, il est à deux mètres du fauteuil, une jambe devant l'autre, le corps et les bras raides, un automate dont le moteur se serait arrêté. Dans la dernière il est à nouveau assis dans le fauteuil, dans une réplique presque exacte de la première image. Obloski, pour gommer ce qui pourrait faire penser à une œuvre de Hopper, outre les couleurs acides, avait écrit cette phrase qui courait sous l'ensemble du triptyque, afin de paraître plus moderne que Hopper, et pour se démarquer : « La névrose est un fauteuil club ».

J'ai cité plus haut ce texte de la psychiatre Danielle Scherbrooke, que nous rencontrerons plus loin, parce qu'elle s'était naturellement intéressée à la peinture d'Obloski, et que dans sa chambre, à Etaples, Victor avait punaisé une reproduction de ce tableau.

Victor parlait comme il marchait, et, comme ce corps dans le tableau d'Obloski, d'une façon un peu traînante. A la fin de ses phrases, il ralentissait le rythme, et dans sa voix, il y avait à ce moment là ironie et mélancolie mêlées. Comme pour retenir l'interlocuteur par la manche, son frère peut-être, pour signifier : on reste encore un peu ensemble, on va finir cette phrase ensemble, vous ne croyez pas, on ne va quand même pas se quitter comme ça, non, après la fin du paragraphe ....

Paris Plage

Au lycée d'Etaples, un matin d'avril, au bord de la piste rouge du stade, Frédérique qui était dans la même classe de terminale, lui demanda pourquoi il montrait si peu de plaisir à courir.

Ils étaient assis dans l'herbe, soufflant après le tour complet du stade, les quatre cent mètres de l'épreuve obligatoire du bac, où, en effet, il avait franchi la ligne d'arrivée avec les derniers.

-On dirait que tu le fais exprès…

Elle s'allongea dans l'herbe un moment, sans rien ajouter, les yeux fermés, le corps abandonné au soleil et à la fatigue, reprenant son souffle.

Puis elle se redressa, les bras enserrant ses genoux.

-Et d'ailleurs, c'est bizarre, je me rends compte que lorsque tu parles, là aussi, tu fais durer le plaisir…

-Oui, c'est vrai, je ne suis jamais pressé. On me l'a déjà dit. Je pourrais peut-être courir plus vite, mais, tu sais, cela ne m'intéresse pas vraiment. J'adore marcher, je vais souvent dans les dunes, sur la plage, entre Hardelot et Equihan, c'est magnifique, tu ne connais pas ?

-Non. Moi, je vais plutôt vers Le Touquet, ou Stella-plage. Pour se baigner, c'est mieux.

-Courir, ce serait idiot, car le plaisir que je prends à me promener dans ces paysages, c'est de les humer le plus longtemps possible, de les respirer, de sentir les embruns, le parfum des aiguilles de pins. J'y vais parfois avec mon frère, je ne le vois pas souvent, mais j'aime partager ce plaisir avec lui.

Victor n'avait pas de relation privilégiée avec elle, ni d'ailleurs avec aucune des filles de sa classe, il parlait volontiers avec chacune, et donc il ne connaissait pas Frédérique plus que cela.

Il se leva, jetant son pull sur les épaules, un pull blanc rayé d'une bande bleue, souriant, ne regardant rien, sinon ce qu'il était en train de penser.

-Et pour ma façon de parler, que je te remercie d'avoir, comment est-ce que je pourrais dire ça pour bien te faire comprendre que tu ne m'as pas du tout vexé, que je te remercie d'avoir distinguée entre toutes, eh bien là, vois-tu, je ne pourrais pas aller contre ma nature, je ne pense pas que j'aimerais parler plus vite, aller plus vite dans la vie, non je ne crois pas. Car, tu vois, plus je marche vite, plus je parle vite, et plus je m'éloigne du passé, ce que je ne désire pas.

Frédérique avait le soleil dans les yeux. Et Victor ne pouvait savoir si elle grimaçait à cause du soleil ou pour une autre raison.

-Tu es un peu dingue… Ou alors tu joues à être un peu dingue. Finalement, tu n'es peut-être qu'un comédien …

Mains dans les poches, il la regardait en souriant.

-Que veux-tu dire ?

-Tu devrais faire du théâtre.

-Ah oui, le théâtre…

Il resta silencieux un moment, rêvant à ce monde ou à d'autres lointains.

-Parler devant un public venu pour vous aimer, dire ces si jolies phrases que des poètes ont écrites pour nous faire plaisir, le vierge, *le vivace et le bel aujourd'hui, la fille de Minos et de Passiphaë, toi qui pâlis au nom de Vancouver*, il souriait en récitant ces vers, je n'y avais jamais songé.

Il lui prit la main pour l'aider à se lever. Il la regardait comme s'il ne l'avait jamais vue, et c'était en réalité un peu le cas.

-Et bien moi, si. Je ne pense qu'à ça ! Dès que j'ai le bac, je file à Paris. Allons-y ensemble ! Ta façon de parler, on croirait que tu es en train d'étirer de la pâte à nougat, comme dans les kermesses, tu vois, et même ta façon tellement raide de te tenir, tout ça, ça devient presque des qualités… Et ce petit sourire que tu as, même quand ce que tu dis n'est pas du tout amusant, je t'assure, tu as quelque chose.

Ils marchaient maintenant côte à côte, vers la sortie du stade.

-Tu sais, moi je rêve de Vancouver. Mais Paris, pourquoi pas ? Je n'y suis encore jamais allé.

Paris Ville

Ils habitèrent pendant un temps un petit appartement sous les combles, près de la rue Monge, à Paris. Dans plus de la moitié de cette mansarde, ils ne pouvaient pas se tenir debout, et pour s'allonger dans le lit, un grand lit ancien avec des montants en noyer, ils devaient se baisser pour ne pas se cogner à la charpente. C'est pourquoi sans doute ils ne purent pas grandir. C'est pourquoi, aussi, le désastre fut total. Il n'y avait pas assez d'amour entre eux, peut-être pas du tout, juste un peu de cette amitié de hasard, où il n'y avait pas d'appui, ni de réconfort.

Ils se quittèrent, après une soirée rue Mouffetard le lendemain d'une scène que je raconterai plus loin. Frédérique demandait à Victor ce qu'il ne pouvait pas lui donner, un Victor toujours aimable cependant, et qu'on peut facilement imaginer seul sur une plage en hiver, et dont le sourire, accroché à la fin de ses pensées, était comme le signe d'un autre univers, d'une autre idée du monde, aérienne, simple comme la lumière.

Ambleteuse

Il retourna vivre chez ses parents un moment, à Etaples, des parents dont il ne savait rien, reclus dans le souvenir, la vie étroite, les odeurs de toile cirée. Dans une maison des années trente, une sorte de petite gare de campagne, aux cadres de fenêtres entourées de briques, et qui doucement dérivait, avec les autres pavillons de ce quartier, dans le doux ennui des dimanches.

Un ballon et un enfant qui traversaient la rue, une fillette assise sur un muret et qui le regardait, les jambes pendantes, mâchant un chewing-gum, un ciel plus blanc que bleu, le bruit d'une voiture passant au loin, un oiseau sur le bord d'une fenêtre, le frémissement d'un peuplier, une après midi qui n'en finissait pas de finir, un monde où la frontière entre ce qui est et ce qui advient semblait ne pas exister.

Il marchait longtemps le long des dunes avec Martin, vers Hardelot, Andreseilles, Wissant, Ambleteuse, Escales, ou, plus au nord, vers Leffrinckoucke, Zuydcoote, où ils regardaient les cargos appareiller pour Vancouver.

Anglaises

Il s'inscrivit à l'université, à Lille, habita pendant quatre ans une chambre dans une maison en brique avec un minuscule jardin, suivait des cours de théâtre avec nonchalance, et consacra sa maîtrise, trente petites pages, à Marcel Thiry.

Dans une arrière salle de café, il lisait parfois, après d'autres, devant une dizaine de personnes, les poètes et les écrivains qu'il aimait, Thiry, Villon, Apollinaire, Norge, Hardellet, usant de cette voix traînante qui créait un effet de décalage bizarre. Il se rêvait aussi, vaguement, compagnon de ces poètes là, écrivain posthume, c'est à dire n'écrivant qu'après sa mort.

A Grand-Fort-Philippe, lors du festival « Poésie des Sables », de Boulogne, une après-midi, dans une maison en bois sur pilotis, avec de grandes baies donnant sur les grues du port marchand, il assista à une représentation des mardi de Mallarmé, où un comédien tenant le rôle de Mallarmé recevait dans son salon, trois chaises, deux canapés en velours beige, offrait du café dans des tasses en porcelaine, et des cigarettes anglaises présentées dans une petite boîte en fer blanc. Il lisait un sonnet, ou deux, à voix haute, citait quelques anecdotes concernant Monet, Verlaine, Zola, parlait. à ses invités de la difficulté d'écrire, de la beauté de la page blanche.

Au café « Les phares et balises » à Coudekerque les rencontres autour de la poésie existent toujours et ce sont celles qui sans doute ont été initiées par Victor quand il lisait « ses » poètes, Hardellet, Thiry, Norge, La Tour du Pin, Saint Pol Roux.

Vancouver

Ses parents disparurent à leur tour, au cours d'un accident sur la route des Flandres, en roulant vers Middelkerke.

Victor resta seul, dans la maison, à Etaples.

Il donna quelques cours, comme remplaçant, dans le collège où il avait été élève, ou à Dunkerque, ou encore dans la région de la côte d'Opale, assistant, par ci par là, à quelques récitals de poésie.

-Tu sais, aujourd'hui, il y a des gens qui invitent des comédiens chez eux, dans une sorte de théâtre intime, lui dit Martin un soir de novembre, alors qu'il rentrait, l'imperméable trempé, d'un de ces récitals dans l'arrière salle d'un café. C'est peut-être ce qu'il te faut. Tu te souviens de ces mardis de Mallarmé à Boulogne?

Victor parlait à la photographie de Martin sur le buffet de la salle à manger, comme presque tous les soirs. Il lui demandait des conseils, écoutait ses avis. Il porta son imperméable dans la salle de bain, s'assit dans le fauteuil club, réfléchit un moment, puis griffonna quelques mots.

-« Comédien d'appartement. Je joue chez vous, pour vous, en petit comité, les textes que vous avez envie d'entendre.» Qu'est-ce que tu en penses?

-Oui, c'est pas mal, mais, bon, tu pourrais aller beaucoup plus loin.... Au lycée tu es remplaçant, et lorsque nous nous promenons sur les plages, tu me remplaces aussi, alors pourquoi ne pas endosser des rôles, non pas sur scène, mais dans la réalité ? Je veux dire, dans la réalité des autres. Pour des gens qui auraient besoin, je ne sais pas, de remplacer un ami, un confident, un disparu. Un frère. Mais ici ça ne marchera pas, il faudrait que ce soit dans une grande ville. A Paris, tiens, pourquoi pas ? Paris, tu connais, maintenant. Tu gagnerais plus d'argent qu'ici. Tu pourras enfin t'acheter un billet pour Vancouver.

Jeu d'enfant

A Garges-les-Gonesse, il traversa un grand rectangle plat, du ciment et pas un arbre, une barre, deux, trois, quatre barres d'immeubles, enjamba, dans le hall, des adolescents assis sur les marches d'escalier. Il monta jusqu'au quatrième. Sonna. La sonnerie retentit dans tout l'étage, comme dans un couloir de prison où le bruit des clefs ouvrant les portes des cellules explose en projetant des bouts de métal dans la tête. Un homme apparut sur le palier, visage émacié, cheveux un peu gras dans le cou, souliers pointus. Invita Victor à entrer dans une pièce un peu vide, un peu grise, parquet en dalles plastiques grises, fenêtres sans rideaux sur le gris du ciel et des immeubles gris, l'invita à s'asseoir, chaise en plastique gris, encore lui, devant une table en formica gris, toujours lui, et étala sur cette table plusieurs grosses coupures.

-Alors c'est vous le comédien ? Je vous imaginais plus vieux. A la voix, je vous donnais bien vingt ans de plus. Bon. On va faire avec, hein ?

Il alluma une cigarette.

-Ecoutez, je vous propose trois mille francs pour jouer dans un scénario. Un truc que j'ai écrit. Vous voulez boire quelque chose ? Tenez, si vous aimez les cacahouètes, ou bien les chips, ou des pistaches. Vous fumez ?

Victor le regardait s'agiter, souffler la fumée de sa cigarette, toucher les billets, repousser la cendre tombée sur la table, ouvrir la bouteille de scotch, se servir un nouveau verre, rire d'une voix un peu éraillée, verser des pistaches salées dans un bol.

-Merci pour le scotch, vous êtes bien aimable, mais je ne bois jamais d'alcool, vous savez.

-Ah. Je vous sers autre chose alors ?

-Non, ce n'est pas du tout important. Dites-moi plutôt de quoi il s'agit.

-Le scénario, enfin ce que je vous ai dit que j'ai écrit, c'est un procès, en réalité.

-Il faudra le jouer où ? Ici ?

-Non non, un procès. Au tribunal, quoi.

-Vous voulez dire, un vrai procès ?

-Oh, c'est juste au tribunal correctionnel. Ce n'est pas les Assises ! Et le texte n'est pas très long, et vraiment facile à mémoriser. Un jeu d'enfant. Vous aurez même de quoi le roder, car il faudra peut-être le réciter deux fois, devant un juge d'instruction, d'abord, puis au tribunal. Vous connaissez la rue Evariste Gallois à Bourg la Reine ?

-Evariste Gallois, oui, c'était ce mathématicien *vraiment* génial, qui a travaillé sur les conditions de résolubilité des équations par radicaux, et qui est mort en duel, à l'âge de vingt ans. On dit d'ailleurs que ce serait plutôt un assassinat politique, vous le saviez ?

-Euh, non.

-Oui, il était républicain. Mais la rue qui porte son nom, je ne la connais pas, ni Bourg la Reine, d'ailleurs, je n'y suis jamais allé.

(Victor, qui connaissait donc Evariste Gallois, avait-il vu ce document, où ce très jeune mathématicien avait écrit, dans la marge de ses calculs, le mot « pistol » ? Les présages n'existent pas, mais le hasard bizarre, lui, se manifeste de temps à autre.)

-Rien de plus facile là aussi. Je vous indiquerai où c'est exactement. Il y a un petit hôtel, le Diamant. Un jour, en novembre dernier, vous êtes passé par là bas, vous avez assisté à une altercation, un homme et une femme qui s'engueulaient, hein, pas plus, et bien sûr vous n'êtes pas intervenu, mais vous vous êtes arrêté un moment, ne sachant que faire. Vous avez juste dit à cette femme : « Vous avez besoin d'aide ? ». Quelque chose comme ça. Pour dire. L'homme, c'était moi, a alors cessé de, enfin de se disputer avec cette femme, et s'est excusé auprès de vous, eu égard à son comportement. Vers dix sept heures, le quinze novembre, un vendredi.

-Et puis ?

-Depuis on s'est rencontré à nouveau, on se connaît un peu. C'est tout.

-Vous voulez que je récite ce texte, je suis passé Rue Evariste Galois, à Bourg la Reine, je vous ai rencontré, vous discutiez avec une femme, était-elle bonde ou brune, vous ne me l'avez pas dit, et peut-être que cela peut compter, vous savez, la couleur, cela influe sur le tempérament, sur l'humeur, le rouge éveille et excite, au contraire le bleu, lui, adoucit, comme la musique, et donc cela peut aussi obliger un juge, et sans qu'il s'en rende compte, notez-le bien, à aller plutôt là, que plutôt ici, vous comprenez, et avec cette femme, je pense qu'elle était jolie, non, allez, dites le moi, et Victor à ce moment là sourit, vous vous êtes un peu, un peu accrochés, ça vous va comme expression, ce n'est pas bien méchant, accrochés, oui, je veux bien essayer.

-Il faut surtout ne pas oublier la date. Le quinze novembre, l'année dernière. Ni l'heure. Vers dix sept heures.

-Vous voulez qu'on sache que vous étiez là, à dix sept heures, le quinze novembre, et pas ailleurs, c'est ça ?

-Exact.

Neige

« Il neige, il neige. Il neigissime. Il n'y a pas de meilleur silence.» (Œva Jones).

Victor fut convoqué, un mois plus tard au tribunal de Nanterre, où il attendit longtemps, dans un recoin sous un grand escalier en pierre. Puis il fut appelé, le plancher grinça, et le juge d'instruction, sans se lever, lui désigna une chaise, face à son bureau.

Il posa les questions rituelles, nom, prénom, etc, interrogea Victor sur ce quinze novembre, à Bourg la Reine. Pendant que la greffière enregistrait, le juge faisait légèrement pivoter son fauteuil, de droite à gauche.

Il fixait Victor. Jouait avec son stylo. Puis il joignit les doigts des deux mains, geste difficile à décrire parce qu'il n'existe pas de mot pour le désigner. Ce geste consiste à appuyer le bout des doigts d'une main sur les mêmes doigts de l'autre main, en créant une sorte de pyramide, où la poussée égale d'une main contre l'autre main semble vouloir dire qu'une vérité lutte contre une autre vérité, et qu'aucune des deux ne l'emportera et où seul le doute subsistera.

-Vous savez qu'un faux témoignage est passible de poursuite ?

-Pourquoi devrais-je le savoir ? Mais pour répondre à votre question, précisément, Monsieur le Juge, non, je ne le savais pas.

-Bien.

Le juge poussa la feuille de papier devant lui, tendit un stylo à Victor.

-Signez votre déposition, ici, et ici, et là, encore.

Trois feuillets.

-Vous serez convoqué au tribunal, par courrier, où vous devrez réitérer ce témoignage. Au revoir Monsieur.

Victor reçut la convocation, mais, la veille où il devait se rendre à Nanterre, il y eut une tempête de neige.

Il téléphona au greffe.

-Je suis bloqué chez moi, vous avez vu à la télévision toute cette neige qui est tombée en Normandie ? Devant ma maison, il y en a presque un mètre. Et les trains ne fonctionnent plus. Je l'ai entendu à la radio. Je ne pourrais donc pas me rendre au tribunal. C'est pourquoi je vous appelle pour savoir ce que je dois faire…

-Le procès a déjà eu lieu, Monsieur. Ce matin. Comme c'est écrit sur votre convocation.

Victor raccrocha, soulagé. Il regardait la neige tomber doucement sur la rue. Il pensait à l'homme aux souliers pointus.

Mais les jours passèrent, la neige fondit, le souvenir de l'homme, et l'homme lui-même fondirent, eux aussi.

-Martin, tu sais, je crois que je l'ai échappé belle ! A l'avenir, il faudra réfléchir un peu plus …

Fiançailles

Isabelle habitait dans la banlieue sud, à Draveil, une banlieue ni belle ni laide, ni pauvre ni riche, et pour cette raison, finalement, plutôt laide. Dans un pavillon en meulière, une petite maison mille neuf cent vingt avec un perron, une verrière, un petit jardin, un portail qui grince, et l'incessant ferraillement des trains.

Elle le fit entrer dans un salon qui sentait le lilas, la violette et l'odeur des cendres froides d'une cheminée qui ne servait plus, donnant au présent un air déjà démodé.

Victor s'assit dans un canapé recouvert d'un tissu au crochet, et elle, après avoir posé deux tasses à café sur une table basse vaguement chinoise, ou vaguement suédoise, dans un fauteuil en osier.

-Comme je vous l'ai dit au téléphone, suite à votre annonce, donc, et je ne sais pas si je vous l'ai dit, c'est une amie que me l'a passée, elle trouvait ça très drôle, très, enfin, vous comprenez ce que je veux dire, il faut donc que je trouve un fiancé. Un faux bien sûr.

Elle s'essuya le coin des lèvres avec un mouchoir blanc qui devait sentir la lavande.

-Vous comprenez, mes parents se désolent de me voir encore seule, à mon âge, et ils m'ennuient vraiment avec ça, c'est une obsession, beaucoup plus pour eux que pour moi !

Elle lissa sa jupe grise, machinalement, comme une élève prise en faute.

« A mon âge ». Mais quel âge a-t-elle ? Victor avait toujours eu du mal à mettre un âge sur un visage, et, il s'en rendit compte à ce moment là, cette incapacité à donner un âge à quiconque est une de ces minuscules pensées, presque inconscientes, qui ne servent à rien, ne disent rien de spécial sur soi même, et dont on s'enorgueillit pourtant bêtement. Alors il essaya de se corriger, et en établissant la moyenne entre la façon dont elle se coiffait, dont elle s'habillait, dont elle avait meublé son salon, toutes ces façons un peu fanées qui la faisaient passer du mauvais côté de la quarantaine, et la manière dont elle parlait, plutôt enjouée qui la ramenait du bon côté, il en déduisit qu'elle avait encore largement le temps de se marier.

-Ils veulent me faire épouser le fils d'un de leurs meilleurs amis, un garçon un peu taciturne, un peu gras, huileux, un ami d'enfance si vous voulez, et qu'ils considèrent aussi un peu comme leur fils. Sous prétexte qu'on se connaît depuis toujours, que ses parents sont très proches des miens, et qu'il est assez riche, et ça c'est le plus important évidemment, l'argent, le remède à tout, la boisson magique qui transforme un vieux cochon en bel italien! Ah, et j'oubliais, sous prétexte qu'on a, il y a pas mal de temps, une nuit de Noël que nous fêtions ensemble, mes parents, ses parents, lui et moi, une nuit où ce n'était pas la naissance du divin enfant que l'on célébrait, mais l'espoir que nos deux familles allaient s'entremêler, s'accoupler, se souder enfin à jamais, sous prétexte donc, que terrassée par l'ennui, j'ai fait le contraire de ce que je voulais faire, et que j'ai couché avec lui. Mes parents l'aiment plus que moi, ils en sont complètement entichés. Il possède quarante hectares d'une forêt de chênes, dans l'Allier, une énorme scierie qui fait un chahut épouvantable, mais c'est sa seule richesse. Vous comprenez ? Parler avec lui est un supplice. Alors, coucher avec, une torture. Habiter au milieu de ces forêts et de tous ces copeaux de bois, ah non ! Je vous paierai deux cent euros chaque fois que vous m'accompagnerez chez mes parents. Ils n'habitent pas très loin, dans la banlieue ouest, vers Fontenay aux Roses. Un dimanche de temps à autre, à Noël, à Pâques, etc. Comme ça ils me ficheront la paix. Et cet homme ne me téléphonera plus. Vous me tiendrez par la main quand nous serons encore sur le seuil de leur maison, juste quand ils ouvrent la porte, vous m'embrasserez sur la joue quand ils voudront trinquer à notre bonheur futur. Mais pas d'effusion trop voyante, pas de pelotage discret non plus, juste une petite caresse dans le dos. Pas plus.

Pendant plusieurs années, trois ou quatre fois par an, Victor joua ce rôle du fiancé, ne débordant jamais d'affection pour sa partenaire, ni d'une série de paroles et de gestes qu'ils avaient codifiée : il pouvait dire mon amour, ma chérie, ma chère Isabelle, l'embrasser sur les joues, lui tenir la main, éprouver de l'affection pour ses parents, acheter des fleurs, une bouteille de champagne, et même donner un coup de klaxon quand ils repartaient, saluant de la main, par la vitre ouverte, les parents d'Isabelle debout sur le perron de leur villa, leurs silhouettes se découpant dans l'air tiède d'une fin de soirée de printemps.

J'ai trouvé quelques photographies d'Isabelle, dans les papiers de Victor. Dans un dessin que j'ai fait d'elle dans mon carnet, je l'ai déshabillée, car je pense que

Victor était un peu amoureux d'elle, et elle de lui, un peu aussi. La comédie qu'ils jouaient tous les deux, a certainement, et parfois, joué, à son tour, des tours que ni l'enquête, ni la presse, et en conséquence ni moi dans mon récit ne pouvons relater, car comédie, réalité, mensonges et vérités sont des mots qui vont très bien ensemble, très bien ensemble.

Funérailles

Un matin de novembre, sec et lumineux, il assista à un enterrement, dans un cimetière de campagne. Un jardin, planté de chênes et de cyprès, autour d'une petite chapelle romane, dressée sur une terrasse, au sommet d'un coteau de Bourgogne.

Quelques jours auparavant, Martin lui avait passé le téléphone.

-Un certain Tariq Hoveyda désire te parler.

-J'aimerais que vous fassiez quelque chose pour moi. Pour mon frère. Enfin, plus précisément, pour sa mémoire.

-Je suis spécialiste en frère, je devrais pouvoir vous aider.

Hoveyda lui raconta que sa famille avait rejeté ce frère, depuis près de vingt ans, à moins que ce ne soit lui qui l'ait rejetée.

-Il ne voulait pas de notre argent, il voulait vivre comme un artiste. Il se voyait écrivain, artiste, ou je ne sais quoi, et il a mal fini. Il a rompu avec nous, et nous ne l'avons plus jamais revu. Ce mort est devenu un inconnu. Mais, puisqu'il disparaît une seconde fois, ces disparitions, en quelque sorte, s'annulent. C'est comme une renaissance. Et lui, Victor, son ami, vous donc, devra prononcer un éloge funèbre, et retracer sa…

-Carrière ?

-Carrière, c'est exagéré.

-Disons qu'après avoir exercé plusieurs métiers, garçon de café, déménageur, chauffeur de taxi, veilleur de nuit…

-Un peu cliché…

-Oui, mais c'est légitime quand on connaît la suite. Après veilleur de nuit, il a été engagé par un écrivain aveugle, un vrai, je veux dire un vrai écrivain, qui ne pouvait donc plus écrire, et qui avait besoin d'un secrétaire, jour et nuit. Secrétaire, chauffeur, confident voilà le dernier passage sur terre de votre frère.

-Et cela s'est passé où ?

-En Argentine. Je dirai que j'ai payé le rapatriement du corps depuis Cordoba. Votre frère notait dans ces carnets tout ce que ce vieil écrivain lui dictait. Et ainsi, il a repris goût, parallèlement à son travail, à l'écriture, vous voyez ce que je veux dire ? Ils voyageaient beaucoup, surtout en Patagonie, et vers la Terre de Feu, où ils avaient entrepris de recueillir des chants et des récits de la littérature orale, vous savez, les indiens Mapuches. C'est là bas qu'ils furent attaqués, délestés de leurs biens, assassinés. Tous les écrits de votre frère se sont volatilisés dans le vent de la Pampa. Mais moi qui allais le voir, disons tous les deux ans, environ, je savais plus ou moins ce qu'il écrivait, j'ai encore en mémoire quelques uns de ses poèmes, et, mieux, j'en avais recopié certains.

La cérémonie fut brève. Une prière rapide, expédiée par un prêtre. Quelques roses jetées sur le cercueil. Et avant la première pelletée de terre, l'éloge funèbre.

Victor développa ce qu'il avait dit au téléphone, ajouta quelques embruns venus de la Terra Fuegos, quelques brassés de vent glacial, et lut un poème que le défunt avait écrit pour la mort d'un indien qui les avait plusieurs fois guidés, lui et son vieil ami, dans ces contrées difficiles :

Arrêtez les pendules, coupez les téléphones
Jetez un os au chien pour qu'il se taise
Faites taire les pianos et les tambours
Sortez le cercueil et faites venir les pleureuses

Etoiles disparaissez
Démontez le soleil, enlevez la lune
Asséchez l'océan, arrachez les forêts
Rien d'heureux ne peut plus advenir.

Puis faisant crisser le gravier de l'allée sous leurs chaussures vernies, tous montèrent dans leurs voitures. Avec sa Renault, Victor suivit le petit cortège de Mercedes et de Porsche dont les carrosseries rebondies brillaient au soleil, dans la route étroite et sinueuse qui, entre les rangs de vigne rouge, descendait vers la vallée.

Au restaurant, Victor parla des grandes avenues et des bas-fonds de Buenos-Aires, du tango, de Carlos Gardel, d'une revue de littérature à laquelle ce frère, Mansour, et le vieil écrivain, Evaristo Carriego participaient, des indiens Mapuches qu'ils avaient souvent visités, de la Cordillère, et bien sûr de la Terre de Feu.

Les deux sœurs de Mansour furent très émues à l'évocation de cette vie argentine, et vingt ans d'amour perdu réapparurent à la surface.

Quatre mariages

Alors qu'ils s'apprêtaient à se quitter, dans cette pâle lumière de fin d'après midi automnal, Hoveyda, vêtu d'un élégant trench-coat noir, prit Victor par le bras. L'entraîna un peu à l'écart. Loin des sœurs qui admiraient les grandes coulées rouges des vignobles, les tuiles vernissées des domaines, et le soleil couchant. Hoveyda se frotta l'arrête du nez, entre les yeux, en ôtant un moment ses lunettes à monture noire.

-Je vous félicite, Monsieur Hansen, vous avez fait du bien à notre famille. Voyez-vous, mes sœurs, maintenant, sachant notre frère enterré ici, et j'ose le dire, ennobli par votre éloge funèbre, viendront plus souvent me voir, avec leurs enfants et leurs maris, dans ma propriété de Montraché, quand j'y viens me reposer. Je vais doubler le tarif sur lequel nous nous étions mis d'accord, car au restaurant, vraiment, vous avez fait plus que ce à quoi je m'attendais. Vous avez été le meilleur, le plus sincère et le plus fidèle de tous les amis de mon frère ! Vous êtes un bon comédien. Vous posez bien votre voix. Mais, attention à ne pas trop en faire. A l'âge de vingt trois ans, par là, j'ai commencé ma carrière dans l'entreprise de mon père. Il avait une maison de distribution de films. Je me suis occupé, au début, de post-synchronisation, de doublage de films étrangers, pas seulement pour veiller aux coûts, mais aussi, naturellement, pour veiller à la qualité. Ce poème, celui que vous avez lu, il me semble que vous en avez oublié une bonne partie, non ?

-C'est un poème magnifique, n'est-ce pas ? Ne croyez vous pas que beaucoup de gens seraient prêts à mourir, uniquement pour entendre une aussi belle oraison funèbre?

-Oui, il est très beau, et je le connais presque par cœur ! L'auteur est un poète anglais, Auden. On l'entend dans le film « Quatre mariages et un enterrement ». Je m'étais moi même occupé à chercher la bonne traduction, celle qui conviendrait le mieux au doublage.

-Les éloges funèbres, et ce n'est pas le premier que je fais, personne ne les écoute, vous savez. On se laisse bercer par les mots, on dérive au gré de sa mémoire, comme dans une barque sur un lac, avec chacun son image du mort, son fantôme préféré, assis derrière vous, et qui rame en silence…

-Eh bien moi, les éloges funèbres, je les écoute. On apprend toujours quelque chose ! Bon. Mais si vous avez besoin d'un coup de pouce, au théâtre, ou au cinéma, contactez- moi. Je connais pas mal de monde, vous savez.

Cent mille ans

-Un jour vos parents vont vous demander : et ce mariage, Isabelle, c'est pour quand ? Ca va être embêtant pour vous, comment allez-vous faire ? Vous y avez déjà songé ?

-On sera obligé de rompre. Ce serait dommage.

-Je le pense aussi. Vous n'allez quand même pas épouser ce bûcheron, non ?

-Vous voudriez que je vous épouse ? Vous ?

Victor sourit.

-Ah, non, Isabelle, je n'ai pas dit ça. Nous avons établi un contrat, et je le respecterai jusqu'au bout. Mais, bien sûr, nous pouvons arrêter cette comédie, si vous voulez, non ? Je veux dire, rompre nos fiançailles, et rester de bons amis. Bien sûr je perdrais un peu d'argent, mais en ce moment j'ai un peu de travail, savez vous ?

-Quel genre ?

-Oh, ce sont de petits rôles. Des petites choses, à la télévision. Vous savez, aujourd'hui avec toutes ces émissions sur la vie privée des gens, ils ont besoin du jour au lendemain de gens qui viennent témoigner.

-Et vous y faites quoi, dans ces émissions ?

-Eh bien cela, justement, des témoignages. Les producteurs ne trouvent pas toujours la personne adéquate, alors je suis, un soir, un joueur invétéré, un autre soir un ancien alcoolique, et un autre encore, un homme dévoré par la jalousie et qui est sur le point de perdre la femme que pourtant il adore plus que tout au monde. Vous voyez, ce genre de chose. Je me déguise un peu, bien sûr, et je ne pourrai pas le faire longtemps, naturellement. Moi qui ne suis ni mari jaloux, ni alcoolique, ni joueur, vous comprenez ? Et puis je continue mes petits récitals. En ce moment je lis Desnos. *Agé de cent mille ans, j'aurais encore la force de t'attendre, ô demain pressenti par l'espoir...* Vous connaissez ?

-Non. Désolée. Mais, attendez, je viens d'avoir une idée. Je suis invitée au mariage d'un ami, dans un petit mois, ce n'est pas très loin de chez vous, c'est en Picardie, et à mon avis, il aurait peut-être besoin de vous. J'ai envie de l'appeler. Seriez-vous d'accord pour jouer, euh, un écrivain, un écrivain américain ? New York ? Je dis ça parce que comme vous il aime la littérature, qu'il rêve d'habiter *aux states* comme il dit, et que…

-Et un écrivain de Vancouver, est-ce que cela pourrait faire ? C'est une ville très moderne, très écologique aussi, le savez vous ? Et beaucoup d'artistes y habitent. Des peintres, des musiciens, des écrivains. Qu'est-ce que vous en pensez ?

-Vancouver ? Non, c'est trop loin, je veux dire, non il doit faire trop froid. Et puis je crois que c'est au Canada.

-Bon, comme vous voulez. Cela dit, vous savez, je ne suis jamais allé aux Etats Unis.

-Mais, Victor, ce n'est pas important !

New Jersey

Le futur marié avait une couverture sociale assez fantaisiste, qu'il dissimulait derrière son goût pour la littérature, ce qui n'était pas non plus un excellent paravent. Il faisait son entrée dans une famille dont la particule et une vieille demeure fatiguée par le temps qui passe étaient les uniques richesses. Le père de la mariée craignait que sa fille ne troque cette particule contre un avenir peu radieux.

-Je suis votre cousin de Manhattan, un cousin lointain, d'accord, ce sera plus vraisemblable, non ? Je suis écrivain, je commence à être un peu connu outre Atlantique. Nous projetons de nous associer dans une entreprise d'édition, ou quelque chose d'autre liée à la littérature, une revue, par exemple, oui un revue, c'est plus modeste, mais plus réaliste pour commencer, et je suis spécialement venu de Boston pour votre mariage, qu'en pensez-vous ?

Il demanda à Martin de lui prêter son prénom, Victor ça ne sonnait pas assez anglo-saxon, et de lui donner des cours d'anglais, ou, plus exactement, des cours d'accent américain.

-Tu dois mettre des labiales un peu partout, des consonnes mouillées ; pas de sons gutturaux. L'anglais est assez féminin et l'accent américain est un peu plus pâteux, plus élastique. Plus rond. Par exemple, quand tu te présenteras comme l'ami américain du marié, tu diras « je suih l'hami amailuicain dhe Patluick, son ffiouttur hassociai ». Enfin, avec plus de nuances…

Son accent, très *east-coast,* fit merveille. On y entrevoyait les belles demeures en bois du New Jersey, entourées de pelouses plantées d'érables légèrement colorés par l'automne, rouge, jaune, vert pâle, les larges avenues tranquilles des banlieues chics, les cadillac roses et longues comme des chewing-gum, la bannière étoilée, rouge et bleu vifs en haut du mat, sur le gazon d'un vert brillant, des garçons en culotte courte mais déjà *lawyer, officer, advocate, businessman, trader,* tout ce réel se reflétant dans les lunettes de soleil d'un policeman appuyé à la portière de sa voiture, bras croisés.

Isabelle le prévenait, d'un froncement de sourcils, ou d'une petite tape sur le bras, quand, momentanément, au cours du repas, ou sur la piste de danse, il était sur le point de redevenir si prosaïquement français.

Pendant tout un samedi et un dimanche, dans le vieux parc ensoleillé par la lumière de ce début d'automne, caressé par une brise amicale, les parents de la mariée furent doucement bercés par l'avenir, par les belles couleurs de l'Amérique.

Victor y gagna un costume en cachemire, une chemise en soie, une cravate rayée bleu et rouge, et mille cinq cent euros qu'il dépensa entièrement le dimanche soir, en conviant dans une demeure de charme, Laetitia, une des demoiselles d'honneur fascinée par New York.

-La littérature américaine, Paul Auster, c'est magnifique, et si généreux, et si simple, tu le connais ?

-Non, tu sais, je ne suis pas aussi connu que lui, et puis, New York, c'est immense.

-Et Brian Norton, les ponts sur l'Hudson, les gratte-ciel, Manhattan, Woody Allen, Diane Keaton, on dit que je lui ressemble un peu, non ?

-Tu as la même peau que Diane, c'est vrai, une peau très lumineuse, on dit comme ça en français ? Je veux dire pas une peau qui brille, of course, naturellement, et puis, les yeux, si bleus, oui.

-Et le New Jersey, l'automne dans le New-Jersey, quelle splendeur… New-York, c'est le centre du monde !

-Il faut prononcer Niou-York, il faut mettre la bouche un peu en avant, comme ça, voilà, tu vois?

-Niou-York, dit-elle en dégrafant et en jetant sa robe fourreau de satin rose sur le lit à baldaquin.

Après le champagne et l'amour, ils échangèrent des confidences, vie contre vie. Mélangeant un peu tous les rôles qu'il avait joués depuis une dizaine d'années, et en inventant d'autres au passage, Martin lui confia qu'avant d'être devenu écrivain, il avait été, aussi, chauffeur de taxi, garçon de café, déménageur de pianos, et veilleur de nuit.

-Veilleur de nuit ! Mais c'est fantastique ! Je suis *aussi* veilleuse de nuit, figure toi, Martin ! Pour des gens riches, très riches, même. Alors, maintenant, je n'ai plus qu'à devenir déménageuse de clavecins, c'est moins lourd qu'un piano, et ensuite je pourrais enfin devenir écrivaine! J'écris de petites choses, je pourrais te les lire ?

Je ne me demande pas si Victor (ou Martin) va se perdre dans tous ses doubles, et y sombrer, mais quand. Dans une peinture de Hooper d'une maison qui pourrait être du New-Jersey, et dont j'ai vu une reproduction dans la maison d'Isabelle, là également je devine que l'identité vacille doucement dans un quotidien dont la banalité a toujours quelque chose d'inquiétant.

Toi qui pâlis

Enfin son rôle le plus célèbre, du moins à cette époque le croyait-il ainsi, ne pouvant deviner ce qu'il adviendrait ensuite, il le tint à la télévision où il prenait la place de l'auteur d'un roman qui, s'il avait eu le courage de mettre le feu à sa famille, n'avait pas eu le cran de se montrer publiquement. L'éditeur, jouant sur la presque homonymie des deux noms, l'avait engagé pour toute la durée de la campagne de promotion. Ce roman avait connu le succès, car ce qu'il révélait, plusieurs victimes pouvaient le prendre à leur compte.

Sur le plateau, avec Victor, il y avait aussi une psychiatre-psychanalyste, Danielle Sherbrooke, dont l'accent québécois le ravissait. Elle était un peu forte, avait la soixantaine, et encore du charme. Elle avait lu son livre, et compatissait à ses souffrances d'enfant. Souffrances jamais guéries, disait-elle, et avec lesquelles il faut se débrouiller à vivre, qu'il faut regarder en face pour les relativiser, pour grandir.

-Le déni du réel est la plus grave des maladies. Je dirais même plus profondément, si vous le permettez, que la plus lourde des souffrances est de ne pas connaître l'origine même de cette souffrance. Ce que vous avez fait dans votre livre, c'est justement ça, vous regardez votre passé droit dans les yeux. Et c'est ainsi que vous avez commencé à prendre le chemin de la guérison.

Enfoncé dans son fauteuil, Victor était tellement ému qu'il ne savait quoi répondre. Il était sur le point de pleurer, marmonna, commença des phrases qu'il ne put terminer, puis grâce à l'aide de Danielle Sherbrooke, retrouva de l'air pur.

-L'enfance, oui, enfin je veux dire, la mienne, mon enfance, c'est un peu comme une balle, je veux dire une balle de revolver, et, euh…

-Une balle de revolver ? Oh, dîtes plutôt une balle de tennis, non, ça fait quand même moins mal !

-Oui, oui, si vous voulez, enfin quelque chose qui est lancé, lancé par quelqu'un qu'on ne voit pas, ne connaît pas, et qui, non, je veux dire, des choses qui sont lancées, voilà, et on ne sait pas pourquoi, et qui vous atteignent, alors que vous êtes innocent.

-Oui, je suis d'accord, innocent, c'est tout à fait ça, c'est le cœur du problème.

Victor se redressa un peu, les bras sur l'accoudoir du fauteuil. Maintenant il souriait.

-Mais en même temps, n'est-ce pas, si la balle vous atteint, je veux dire, quand vous savez que la balle vous atteint, eh bien la conscience s'éveille, comme un papillon, une fleur qui est la conscience et nous fait sortir de la prison, de la prison de l'animal. Il y a un poème de Marcel Thiry, un poète belge des années cinquante qui dit ça, à peu près. Marcel Thiry, vous le connaissez ?

-Non, j'en ai bien peur.

L'animateur qui avait laissé se dérouler cet échange sans intervenir, sourit, passa une main dans ses cheveux, et récita d'une voix chaude :

Toi qui pâlis au nom de Vancouver
Tu n'as pourtant fait qu'un banal voyage
Tu n'as pas vu les grands perroquets verts
Les fleurs indigo ni les sauvages.

My dear

Trois semaines après le mariage américain et quelques jours à peine après le passage à la télévision, Martin Hanson, parmi de nombreux courriers, reçut une lettre qui le laissa perplexe. Cette lettre faisait référence à l'émission, à des confidences intimes, des hôtels de charme, des petits déjeuners au lit, et des odeurs de peau. Puis il comprit et fit suivre la lettre.

« Mon cher Martin, my dear, je ne savais pas que ton roman avait été traduit en français. Je t'ai vu à la télévision, tu étais très émouvant. Tu as beaucoup de talent, et le mystère dans lequel tu baignes accroît mon désir pour toi. J'ai passé un si agréable week-end avec toi. J'ai besoin de te revoir. Appelle moi, nous irons nous promener en forêt de Compiègne, je connais un petit hôtel, dans un petit village où il y une chambre avec un lit à baldaquin. Laetitia. »

COUPER LE MONDE EN DEUX

Parking

Vêtue d'un jean, et d'un blouson en cuir, une femme marche au milieu des voitures d'un parking. Rien n'est plus déprimant qu'un parking, sinon du gris et du froid sur un parking, et sinon, du gris et du froid sur un parking d'hôpital, c'est pourquoi cette femme, Sophie, marche d'un pas rapide, pour s'échapper de cette nasse.

Coma

La voici maintenant à l'intérieur de l' hôpital, que je ne vais pas m'ennuyer à décrire, le mot hôpital s'y refuse tout entier, poussant doucement la porte d'une chambre, puis s'asseyant sur le rebord du lit, prenant la main d'une femme qui dort, qui ne se réveille pas lorsqu'elle lui prend la main, qui ne se réveille pas lorsqu'elle lui parle, qui ne se réveille pas lorsqu'elle lui caresse le visage, qui ne se réveille pas lorsqu'elle se penche vers elle, lui souffle à l'oreille, des mots, des baisers, du chaud, de l'amour, qui ne se réveille pas lorsque la nuit arrive et qu'il n'y a plus personne sur le bord du lit.

Corps sans corps

Je pourrais écrire cette page dix fois, étaler dix photographies, dix fois cette chambre, avec de faibles changements, des tulipes bleues dans un vase, puis des roses rouges, et ne rien changer au reste, le jaune pâle des murs, le bruit douceâtre, écœurant, des respirateurs, le lit qui porte le nom de lit, mais qui ne ressemble pas à l'image qui spontanément nous vient, associée à de jolis mots, se reposer, lire, rêver, caresser, non, un lit où il y a seulement un corps, un corps dépossédé de lui-même, un corps qui n'a plus de mots, plus de regards, plus de sourire, un corps qui n'a plus de corps, je pourrais décrire cet espace dix fois, étaler ces dix photographies presque identiques, et non onze, parce que ce coma a duré dix jours et dix nuits, parce que le coma de Suzan, cette femme que Sophie veille, tient dans ses pensées, ses mains, son regard, parce que Suzan, le onzième jour, se réveille.

Le onzième jour, en effet, il y a 1) Sophie, 2) l'interne de garde, une jeune femme noire, hiératique, un mètre quatre vingt dix, et 3) et 4) deux petites aide-soignantes qui trottinent, toutes blanches, toutes boulottes, derrière elle.

Penchées au dessus de ce corps, penchées au dessus de ce lit, au dessus de ce cercueil, au dessus de ce berceau, toutes ces femmes assistent au réveil, à la résurrection, n'ayons pas peur des mots, de Suzan.

Restons un moment avec elles, autour de Suzan, dont maintenant nous pouvons voir les yeux bleus, la longue chevelure rousse étalée sur le blanc de l'oreiller, regardons-les accueillir la vie, car cet instant de joie ne va pas durer.

Suzan, en effet, devra admettre ça : elle a été amputée des deux jambes.

Pink house

Sophie et Suzan vivent dans une jolie maison rose, arrimée aux arbres sur les premiers coteaux de Chartreuse, dans un village en escaliers, tout en cascades végétales et en terrasses au dessus de la ville. Je les *vois* à l'intérieur, dans leur salon, ou dans le jardin, dans le calme ensoleillé du printemps.

Au café

Sophie traverse la ville, à pied, depuis la maison rose. Matin froid et sec. Arbres dénudés.

Elle s'arrête devant le siège d'un journal « Le Dauphiné ». Entre dans le hall, et demande à voir Max. Et elle monte à l'étage.

Dans le petit bureau de Max, Sophie sort un livre de la poche intérieure de son blouson et le pose devant elle, tourné vers Max : « Suzan Wyan. La moitié du monde ».

-Il est sorti il y a presque un an, mais un autre doit paraître, à l'automne, et on n'a pas eu grand-chose. Pour tout dire, à part les revues concernées, rien. Tu ne pourrais pas nous faire un papier ?

Dans un café, Les Trois Roses, en face du journal, Max feuillette le livre, un geste qu'on fait souvent pour vérifier qu'il y a bien des mots sur les pages, des milliers de mots que quelqu'un a peut-être vraiment pensés et agencés, pour vérifier que quelqu'un a bien consacré des centaines d'heures à sculpter ces petits signes noirs sur fond blanc, et que ces petits signes ne tombent pas lorsqu'on ouvre le livre. Sophie le laisse un moment glisser ainsi dans cette rêverie, puis lui parle de son amie et de ce qu'il lui est arrivé. Max le sait déjà peut-être, il n'a pas cet air étonné, contrit, de celui à qui on annonce un drame, mais Sophie insiste, fait surgir là, sur la table, le coma, l'amputation, la vie coupée en deux, la vie recluse dans ce fauteuil où on n'est pas seulement assis, et définitivement, mais assis sous le regard des autres, fusillé par le regard des autres.

Max rédige un article, mi-chèvre mi-chou, et que Suzan trouvera plutôt chèvre. Une demi-colonne, coincée à l'avant dernière page, comme dans le couloir d'une vielle maison où personne ne s'aventure plus.

Suzan dira plus tard à ce sujet :

-Je ne m'attendais pas à des miracles de la part de Max. C'est un homme. Et si les hommes ont reçu de quoi fabriquer des enfants, ils n'ont jamais reçu le moindre équipement qui leur permettrait de fabriquer des miracles.

Le peu que je sais de la vie de Sophie, et de celle de Max avant cette entrevue au café Les Trois Roses, ne mérite pas que je m'y arrête. Mais dans ce café dont le nom poétique cherche à dissimuler le faux cuir des banquettes, le faux marbre des tables, et le faux sourire des garçons, on voit, comme dans le bureau du journal, qu'ils se connaissent un peu. A l'attitude de Max, qui a cessé de feuilleter le livre, et la regarde, on devine que Sophie essaie de se faire amicale. Elle ne cherche pas à le séduire, bien sûr que non, mais c'est certainement à partir de cette entrevue au café Les Trois Roses que les choses se sont précipitées comme une solution chimique au fond d'un tube en verre.

Barbare

Aux premiers jours du printemps, Max et Sophie sont en train de se parler au téléphone, en deux points de cette ville entourée de montagnes, qu'on découvre souvent depuis un col, et qu'on appréhende alors comme une carte en relief, la rivière en bleu, les grands boulevards en ocre avec quelques pointes de vert pour les parcs, les jardins et les stades. La nuit, depuis la descente d'une route en lacets, on voit la ville toute illuminée, on a alors l'impression de glisser doucement vers elle, en planant.

Sophie est assise dans un fauteuil en rotin, dans le jardin de la maison rose, Max sur un banc du Jardin de Ville.

Comme tous les êtres humains, Max est sensible aux petits détails qui signalent le passage de l'hiver au printemps, ces je-ne-sais-quoi qui ressemblent aux je-ne-sais-quoi de l'année précédente, et dont le retour discret réveille doucement les désirs.

La lumière n'est plus aussi carrée qu'en hiver, et les platanes commencent à répandre un léger goût de sucre. Je connais bien cette ville, ce jardin, le printemps, donc ce goût sucré et ces je-ne-sais-quoi, je les connais.

-De quoi parlent-ils ?

-De corrida.

-Cette chose barbare, archaïque !?

-Cet aspect est ce qui plait à Max, justement. Cette obstination contre le clinquant, le faux, l'esbroufe de *la vie moderne*, comme le répète souvent son ami Théo. Mais, bon, n'entamons pas de polémique sur la corrida, ce n'est pas le sujet. Même si aux yeux de Sophie, elle apparaîtra, on le verra, comme une éclatante métaphore. Max a de *l'afficion*, c'est ainsi. Certes, autour de lui, mis à part Théo, le vide se fait les rares fois où il aborde ce sujet.

Il suffit de regarder cette ville high-tech, écologique, sportive, je ne vois pas comment, en effet, on pourrait y glisser un torero, fut-il en ballerines et en bas roses, et encore moins cinq cent kilos de force brute.

Ce qui agace Max, comme Théo, dans la colère des « anti-corridas », c'est l'ampleur de cette colère. Il leur fait remarquer que leurs raisonnements ont moins de noblesse que ceux du taureau. La raison la plus souvent invoquée, en effet, est que le matador court moins de risques que l'animal, laissant ainsi béant le gouffre d'imbécilité, leur dit-il, dans lequel vous mériteriez d'être précipités. Théo, lui, s'amuse à les provoquer en leur rappelant cette phrase d'Adolf Hitler : « Sous le Troisième Reich, je veillerai à ce qu'aucun animal ne soit martyrisé. ».

Tout cela pour dire que Max désire inviter Sophie à la feria de Pâques à Arles.

-C'est une excellente idée…Tu amènes quelqu'un d'autre ?

-Oui.

-Je connais ?

-Je ne sais pas. Je crois que tu l'as croisé, une ou deux fois, avec moi.

-Quel genre ?

-Genre psychanalyste.

-Un psychanalyste amateur de taureaux ! Que du beau monde ! Ca va être terrible cette corrida, je le sens. Mais dis-moi, mon cher Max, tu ne m'avais pas dit que tu fréquentais des psychanalystes…

-Un seul suffit, tu sais !

-Tu me rassures.

Max aime bien Sophie, même si elle n'est pas son genre de femme. Surtout depuis qu'il a compris qu'elle est homosexuelle. Elle l'a affranchi, quand après la parution de l'article, elle l'a invité dans la maison rose où elle lui a présenté Suzan, aux yeux bleus du même acier que son fauteuil roulant, belle comme une montre suisse bloquée sur l'heure de la fin des temps.

Teuf-teuf-teuf

Tout au long du trajet vers le sud, ils ne disent presque rien. L'alfa de Théo est décapotée, Max est assis à l'arrière sur une banquette inconfortable, et le paysage de la vallée, autoroute plus béton plus vent, n'incite à rien. Depuis l'autoroute, comme depuis un train, on voit le cul des villes, la ferraille, les banlieues mal fagotées, les usines rouillées, les entrepôts comme de vieilles épaves égarées dans le dimanche de la vie.

Et le soir, après la corrida, ils filent jusqu'à Sète.

Ils s'installent dans un restaurant du port, sur la terrasse, face au pont métallique qui enjambe le canal. C'est l'heure où les lamparo rentrent de la pêche. Ca sent le poisson, le mazout, la vase. Et cette odeur, rehaussée à petites touches par le teuf-teuf-teuf des pointus qui remontent nonchalamment le canal, cette odeur, dans la lumière déclinante, se transfigure en parfum.

-Aux *toros,* dit Théo en levant son verre de picpoul.

-Et alors ce soir, tu dirais quoi ?

-Pas sublime mais presque…

-J'ai faim, dit Sophie en regardant le menu. Je vais commander ce qu'il y a de mieux. Celui à vingt neuf euros a l'air délicieux. C'est le plus cher. Max, tu m'avais bien dit que tu m'invitais ?

Elle est habillée en noir, jean, chemisier, gilet. Le noir de ses yeux et de ses cheveux, lisses et tirés en arrière, sa peau bronzée, elle ressemble à une sioux. Une squaw avec des lunettes cerclées d'argent. Je la vois avec les yeux de Théo, car il la regarde en permanence.

-El Juli a eu de la chance, dit Max, il a eu deux taureaux de qualité. Et pour le vin, prenons plutôt de l'Hermitage blanc, ce Picpoul va nous faire mal à la tête.

Je n'ai pas pu aller à Sète à la même époque que Sophie et ses amis, c'est à dire au printemps. Cette ville m'a longtemps paru miraculeuse, avec sa poésie bizarre, cette beauté naïve, sobre, sans esbroufe et les poches presque vides, et j'y vais souvent en automne, mais là, en plein été, je souffre, je ne reconnais plus rien, je suis furieuse contre tous ces gens qui viennent ici flâner, consommer, se vautrer, s'admirer, se faire voir, se goinfrer, sans penser une seconde à la beauté, la fragilité, la douceur, la gratuité, le silence, le vent, les ailes des oiseaux, les chalutiers pleins de l'odeur des lointains, ces gens me font honte, leur vulgarité me fait honte, j'ai honte d'être de la même espèce qu'eux.

« O récompense après une pensée qu'un long regard sur le calme des dieux ».

Valéry, reviens, reviens, ils sont devenus fous !

J'ai même eu du mal tout à l'heure, sur le quai, à marcher normalement au milieu de cette foule, c'était comme si je venais de boire à la terrasse d'un seul coup, et cul sec, trois litres de plomb.

Bon, il faut que je me calme! Je vais aller faire des photos où Sophie, Max et Théo sont passés, où ils ont bu, où ils se sont baignés malgré le froid de la mer au printemps.

Théo allume un cigare. Il porte une barbe de trois jours, très mode, sur une chemise blanche.

-Aujourd'hui, Sophie, tu as assisté à une belle corrida, et crois moi ce n'est pas souvent le cas ! Tu as eu la chance de ta vie…

-Tu veux plutôt dire la chance d'être dans les gradins avec vous, je n'ai absolument rien vu de beau dans tout ça, mais j'ai surtout remarqué que tu me regardais autant que les taureaux ! Et là tu persistes comme si tu allais me donner l'estocade…

-Mais je ne peux pas faire autrement !! Dix ans d'analyse m'ont appris à n'aimer que ce qui en vaut la peine, ce qui est beau, et à le dire sans hypocrisie, et donc parce que tu es belle, je te regarde ! Ce serait vraiment une grave erreur de ne pas le faire ! La beauté permet de fuir le quotidien, l'ennui, la névrose ordinaire, cette antichambre de la mort…

-Ah ! ça, je reconnais que c'est du pain bénit pour les psychanalystes ! Un réservoir inépuisable! Une vraie banque…

-Sophie, tu ne le sais pas encore, dit Max, mais ça, ça ne peut que lui faire plaisir, Théo est un psychanalyste de droite comme il y en a peu et qui s'assume comme tel ! Et ça, d'ailleurs, Théo, tu le sais, je n'arriverai jamais à m'y faire!

-Là, Max, tu t'aventures sur un terrain miné !…Je prends les paris, quand tu auras fini ton analyse, tu verras, tu n'auras plus de ressentiment, tu ne haïras plus ton père ni ta mère ni le monde, ni tout ce que tu as envie de haïr, tu te réveilleras enfin, innocent et heureux, sans autre idéal que celui d'aimer la vie, et tu seras alors prêt à devenir un homme de droite tout à fait convenable…

-Il faudrait d'abord que cette analyse, je la commence !

-Tu y viendras ! Tout le monde en a besoin.

-Surtout le compte en banque des analystes….

-L'argent, c'est très bien, c'est une invention prodigieuse. Aussi belle que celle du feu. C'est une langue universelle, elle me permet de me faire comprendre partout, et de combler mes désirs !

-Buvez, sinon vous allez mal finir, dit Sophie en riant et levant son verre, montrant ses belles dents blanches qui brillent comme la glace d'un lac de Finlande à moins quarante. Toute cette discussion n'est qu'une parade de mâles qui en réalité se disputent la femelle

-Ah oui ! très juste, dit Théo. Alors buvons à l'amour. Mais Sophie, avec lequel vas-tu coucher ce soir ? Avec un demi-solde du journalisme local, ou avec un amateur de névroses?

-Ni avec l'un, ni avec l'autre !

-Eh bien mon cher Max, la nuit sera incarnée ou bien ne sera pas…Au fait, si on bougeait, si on allait boire en face, là bas, de l'autre côté du canal, le Perroquet Vert, c'est juste sous l'hôtel, on pourra se saouler sans culpabilité.

A l'Hôtel « Le Perroquet Vert » sur le Quai d'Orient, il y a, accrochées dans la salle du restaurant, des photographies représentant des scènes des années 1930 qui se sont déroulées dans le restaurant lui-même ou sur la terrasse. Dans l'une d'entre elles particulièrement émouvante, on voit cinq ou six hommes, en cravate et en chemise, échanger un moment d'amitié qui m'a paru poignant, comme si l'amitié, la confraternité simple était démodée… J'ai bien sûr pensé à mon trio Sophie-Théo-Max, mais pas à son avantage. Bien sûr il n'y avait que des hommes dans cette photographie, il n'y avait pas la guerre des sexes.

La guerre des sexes

Pendant qu'ils traversent le canal, Sophie se glisse entre eux deux. Théo sent une décharge électrique quand la peau de Sophie touche la sienne.

-Nous devrions avoir une conscience plus aiguë de ce moment historique, toi la plus belle des femmes, et nous les plus heureux des hommes dans cette ville pouilleuse qui, je le crains, ne s'en relèvera pas. Que disait-il déjà, Paul Valéry, ce sétois prophétique, quelle récompense après une pensée, enfin je ne sais plus, il disait que notre civilisation était en train de s'effondrer, et en effet il aurait pu dire, quelle récompense l'amour au milieu de cette décadence….

Et c'est ainsi qu'ils franchissent le pont métallique en direction d'un Perroquet Vert sans doute moins bavard.

Au bar, au bord du canal, assis sur des fauteuils en rotin, ils commandent, la soirée est encore longue, trois puis trois cognac.

Sophie s'absente un moment pour téléphoner. Max qui s'est un peu éteint, se penche vers Théo.

-Vas-tu commettre l'erreur de tomber amoureux de Sophie ? Méfie-toi, c'est un conseil d'ami.

-C'est vrai que toi, malgré mes encouragements, tu persévères dans l'erreur de la monogamie. Moi, mon vieux, j'en appelle à l'amour, à cet amour gigantesque, énorme, de tous pour tous, à l'orgasme universel et apostolique, pas à cette collation petite bourgeoise, démocratique, uniconjugale, et peccamineuse! J'ai déjà donné plusieurs fois, il ne me reste plus rien pour une nouvelle étape de ce genre. Amoureux, oui, là mon stock est inépuisable, et de Sophie, une pure merveille....

-Ce que je veux te dire, si tu veux bien m'écouter, Sophie aime peut-être les hommes, je n'en sais rien, mais je sais qu'elle préfère les femmes.

-En tant qu'analyste, j'ai fini par comprendre que la sexualité n'avait aucune importance. La différence des sexes, la guerre des sexes, ça n'existe plus.

-Ca alors mon vieux, tu viens de foutre un sacré coup de gourdin à Sigmund.

-Eh bien, tu vois. L'amour, le sexe, ne sont que des masques destinés à cacher notre hantise de la mort, la nôtre et celle qu'on a envie de donner...

Cartel

Sophie réapparait sur le seuil.

-Je crois que je vais aller me coucher. Demain je vous emmène à la plage, on ressemblera cette fois à un valeureux cartel d'alcooliques repentis...

Théo se jette à ses genoux.

-Sophie, tu ne vas pas nous abandonner tous les deux muets de sidération et de ressentiment, à l'enseigne faiblissante de ce perroquet plus muet que nous, tant il regrette de t'avoir si longtemps méconnue ! Le bain de minuit est indispensable.

Sophie se retrouve au volant (tu as trop bu, tu es juste capable de nous précipiter dans le canal), et prend la direction de la Corniche (ne roule pas trop vite, je n'ai pas fini de la payer). Elle stoppe l'alfa spider 2,2 jts rouge dans l'odeur ronde d'un bois de pin, sous une lune blanche comme un ventre, attirant des milliers de spermatozoïdes plaqués or, et jetant sa lumière de bazar sur l'eau noire.

-La mer fait un bruit de lèche quelque chose, dit Théo.

Ils quittent leurs chaussures, traversent la plage.

Ils contemplent l'eau, la nuit, le silence, et ce mélange de tout ça qui les saisit un moment. Sophie se déshabille et se jette à l'eau.

Ils la regardent nager, ils ne voient pas grand chose.

Théo prend la culotte de Sophie, la respire comme un amateur de parfum.

-Les fétichistes, les fascistes et les psychanalystes, dit Max, ont un point commun, ils n'aiment pas les êtres humains, seulement leurs traces…

-Glaciale ! dit Sophie en, se rhabillant. Vous pouvez y aller puisque j'en suis sortie. Vous n'avez qu'à suivre mon odeur…Vous êtes moins courageux que le taureau, et ta théorie, Théo, que tu nous as balancée au café, ne vaut rien, si tu ne la pousses pas jusqu'au bout.

-C'est à dire ?

-Dans ta théorie, tu as oublié le principal. Regarde le matador, son habit cintré, son pantalon qui lui emprisonne les fesses, ses bas roses, ses ballerines, sa couette accrochée dans sa chevelure, le matador c'est une femme. La femme c'est la civilisation, et le taureau c'est l'homme, ce barbare! En bon psychanalyste, tu ne pourrais pas me contredire…

-Si, justement, car tout ça est trop évident pour être honnête ! Figure toi que cette façon de se vêtir est simplement celle des aristocrates au dix huitième siècle, époque où la corrida a commencé à être codifiée, tu vois !

Max se déshabille.

-J'ai tellement bu, dit Théo, que je ne bande pas.

-Moi non plus.

-C'est normal. Les amoureux transis ne valent pas mieux que les eunuques, et d'ailleurs on devrait tous les châtrer!

-Tu es cinglé. Un psychanalyste cinglé !

-On est tous cinglés ! J'ai envie de baiser avec Sophie, avec la lune, avec la mer, avec l'univers entier ! Les femmes ne se rendent pas compte que les hommes ne pensent qu'à ça, et tout le temps, à vous, aux femmes, leur bouche, leurs yeux, leurs seins, leur cul, vous êtes le substitut de nos mères, la machine à réduire à néant notre nostalgie du ventre primordial, notre regret éternel. Tout le reste est littérature…

-Mais si, espèce d'âne, nous savons que nous avons ce pouvoir de vous tenir à notre merci, bien mieux qu'une kalachnikov pointée sur vous, mais vous êtes trop, trop quoi, trop perdus, oui, comme tu l'as dit, trop infantiles…

Ils se jettent à l'eau.

Ils ne nagent pas longtemps, ni très loin. A leur retour, Sophie qui a trouvé une flasque de cognac dans l'alfa, leur tend à boire alors qu'ils sont encore nus.

-Le taureau est toujours le vaincu, et c'est toujours la femme qui triomphe !

Et pendant qu'ils se rhabillent, elle ajoute dans un grand éclat de rire :

-Et c'est moi qui vous tuerai !

Dans mon carnet, j'avais dessiné deux hommes sur la plage la nuit, deux inconnus face à la mer, sur la plage de la Corniche. Je ne sais à quoi ils pensaient, si c'était à la mer, à l'infini, ou aux clefs de la vie qu'ils avaient égarées dans la doublure de leur veste, mais ils me faisaient penser à Max et Théo, surtout parce qu'ils paraissaient aussi dubitatifs que ces deux là, soulignant même en quoi la désinvolture qu'ils affichaient face à Sophie sonnait un peu faux.

La domestication de l'homme

Sur la plage de la Corniche, dans le paragraphe précédant, Sophie fait allusion à une théorie de Théo sur la tauromachie, que celui-ci a dû évoquer juste après la corrida, quand ils prenaient un verre dans ce café élégant, un rien snob, derrière les Arènes, près de la Fondation Van Gogh, où ceux qui fument le cigare et celles qui se prennent pour des sévillanes aiment à montrer qu'ils sont là, qu'ils ont acheté les places les plus chères, qu'ils embrassent parfois le torero dans une accolade fraternelle, et qu'ils tutoient le taureau.

Théo avait allumé un cigare, et buvait un demi, Sophie avait pris un chardonnay et Max un viognier de l'Hérault, ou l'inverse.

« C'est Baudelaire qui m'a donné le *la* : « La bêtise au front de taureau ». Le taureau est la métaphore du mal absolu : la bêtise. Le matador c'est la grâce face à la bêtise, la civilisation face à la barbarie, mais cette barbarie n'est pas extérieure à la civilisation, elle est en nous. Ce que le torero ensorcelle, apprivoise, puis tue, c'est la stupidité, et la violence toujours présente en chacun de nous.

Le taureau, cependant, n'est pas n'importe quel animal, il est le frère sauvage d'un animal domestiqué par l'homme, le bœuf.

L'homme, à cause de sa faiblesse naturelle, a dû s'allier avec ses semblables, donc se domestiquer, et, par extension, domestiquer les animaux. La domestication des animaux est à l'image de la domestication de l'homme, elle est le signe de cette essence de l'homme, l'impossibilité de vivre sans la loi.

Mais dans le monde des bovins il a opéré un partage, le taureau libre d'un côté, et le bœuf domestiqué, de l'autre.

En sacrifiant le taureau, le matador tue le barbare toujours caché dans l'homme, car si le bœuf est à l'image de l'homme domestiqué, le taureau est à l'image de l'homme libre.

En tuant le taureau, le matador tue ce que nous rêvons mais ne pouvons être, des hommes libres.

Nous nous rêvons taureaux, mais nous choisissons d'être bœufs vivants plutôt que taureaux morts. Car nous savons que la liberté absolue est la mort de la société humaine.

La corrida est ce lieu où s'exprime ce précaire équilibre entre notre désir de liberté absolue, et l'impossibilité d'y accéder. L'homme ne s'aime pas assez pour se vivre libre, il s'accepte comme animal domestiqué, comme acteur de cette fragile harmonie sociale. Et en se rêvant taureau, il garde en réserve cette part de haine qui pourra toujours servir.

Le matador, l'homme qui danse, montre que tout est toujours à refaire, il est celui qui réécrit chaque fois la même histoire de l'homme : domestiqué ou libre ? ».

Euh

Cependant, à la terrasse de ce bar chic, sous les platanes, ces mots n'ont pas été dits tout à fait comme ça. Théo n'a pas pu exposer sa théorie d'une manière aussi nette, comme s'il lisait un livre.

Ce que l'on vient de lire est le résumé d'un texte qu'il a publié dans un numéro de *La revue de l'Ecole Freudienne*, mais également sur le site de corrida.net. Théo, on le devine vite, est narcissique, je l'imagine mal débitant sa théorie à la sauvette, sans regarder à droite ou à gauche, furtivement, pour vérifier si quelqu'un pouvait saisir au moins une phrase de ce texte tellement intelligent, par exemple ces deux femmes déjà bronzées, qui, dans leur gilet en indiennes de Nîmes se donnaient des airs de gitanes, ou Sophie, naturellement, qu'il espérait séduire.

Et je peux difficilement croire que ni Sophie, ni Max ne se soient pas amusés à lui porter la contradiction, lui demandant de préciser, d'éclairer une obscurité, une approximation, une contre-vérité. Ce qui a sans doute parsemé la conversation de : je veux dire, euh, explique moi, tu plaisantes, pas du tout, je ne suis pas d'accord, c'est gratuit, je peux le prouver, ce n'est pas moi qui l'ai dit, si on veut, non non ce n'est pas ça, absolument pas, c'est contradictoire, pourquoi pas, c'est impossible, c'est un contre-sens total, ah oui, tu crois, non, pas du tout, c'est archi-faux, etc.

La perpétuation de l'espèce

L'alfa était garée derrière le quartier des arènes, dans une petite rue, en plein soleil.

-On a repeint ta voiture avec le sang de tous les taureaux morts, dit Sophie. J'ai envie de la conduire, je vais la faire rugir comme un taureau !

-Je veux bien te le permettre, mais sache qu'un taureau qui rugit signifie qu'il combat avec des mots, pas avec son corps, qu'il a peur, et qu'il devient aussi bête qu'un homme ! Et toi, Max, tu as oublié un argument de poids contre les anti-corridas. Les gens oublient que l'homme tue systématiquement les mâles chez les animaux domestiques, qu'ils n'en gardent que quelques uns. Pour la perpétuation de l'espèce, un seul mâle suffit, mais ils ont besoin de toutes les femelles. Pour cent brebis, un bélier, pour cent chèvres un bouc, et pour cent vaches un taureau. Mais, grâce à la corrida, dans les élevages, les taureaux ne sont pas tués. Ils vivent pendant cinq ans, libres, sauvages, et dans les meilleures prairies. Le veau, lui, ne connaît que la lueur artificielle de son box, se nourrit d'aliments qui sentent le poisson, et ne vit que trois mois. L'enfer !

Sophie avait pris place dans le siège du conducteur. Le moteur à l'arrêt ronronnait doucement.

-On devrait procéder d'une façon semblable dans le troupeau humain, dit-elle. Ne garder que quelques mâles !

En Arles j'étais allé prendre un verre au café « Van Gogh », comme on le nomme aujourd'hui quand on veut s'y donner rendez-vous, et où c'est peut-être là qu'ils avaient bu, en définitive. J'avais, dans un livre, un marque-page qui représentait la partie centrale d'un tableau de Vincent, celui qui représente ce café, la nuit, je l'avais photocopié, et j'avais osé le compléter dans mon carnet. Et à Sète j'ai réalisé qu'il n'y a guère que des psychiatres, ou des psychanalystes pour porter un nœud-papillon : un matin, j'ai aperçu un papillon, si rare en bord de mer, et si beau, plus léger que la lumière, sortir de la fenêtre d'une villa, où une plaque en cuivre indiquait la présence d'un psychologue. Je l'ai vu voleter vers la plage de la Corniche, et se poser sur l'épaule d'une baigneuse qui se dorait au soleil.

Salaud, Avocat & Associés

Suzan fait une grimace. On remarque d'elle, surtout, son visage à la peau laiteuse, les os presque effleurant, ces yeux bleu foncé, glacés, durs. Et bien sûr on voit avant tout, avant d'admirer la lumière du matin sur les crêtes des montagnes, avant d'aimer les parfums de ce jardin dans le printemps renaissant, on choisit avant tout de voir ce fauteuil, cette femme-dans-ce-fauteuil, et on choisi de réduire cette femme à une demi-femme-fauteuil.

-Chaque fois que je pense à ce salaud, j'ai mal. J'espère qu'il va s'en prendre un maximum. Maître Delaunay a appelé ce matin. C'est pour ça que j'ai encore plus mal. Il m'a dit que ce salaud avait engagé, en plus de ceux qu'il avait déjà, une avocate ! ...Tu peux pousser le fauteuil sous le tilleul ? Il fera moins chaud. Je me sentirai mieux.

Sous le tilleul, la vue sur les montagnes est plus ouverte, on voit plus loin, ou simplement des paysages plus agréables.

-Non seulement il m'a bousillé la vie, mais en plus, avec cette avocate, une femme, il me nargue.

Baise-moi encore

Avant ce voyage à Sète, Sophie avait déjà croisé Théo, en compagnie de Max, au Cintra, un restaurant salon de thé, cuivre rouge, cuir, lumière tamisée, garçons empesés, nappes en coton, pour hommes d'affaire et bourgeoises clinquantes, à colliers. Sophie bavardait avec une amie, et Max, qui sortait, l'avait embrassée sans lui présenter Théo. Mais elle avait senti son regard, il l'avait jaugée de haut en bas. Elle l'avait aperçu une autre fois, sans Max, dans un autre café, et observé qu'il cherchait toujours le regard des femmes, comme les hommes politiques qui se haussent du col, de vraies autruches, dès qu'ils voient une caméra. Et chaque fois, il portait un nœud papillon. Elle se disait que si la cravate est un symbole de la castration, un nœud papillon signifie alors « j'aime voyager sexuellement ». A Sète, on l'a vu, il avait envie de voyager. Et qu'il ait fait semblant, ce jour là, de ne pas la reconnaître attestait qu'il était troublé, c'est à dire vulnérable, pris dans les filets du marché amoureux.

Mais là, elle est face à lui dans son cabinet. Moquette épaisse, bibliothèque, tréteaux en acier chromé, plateau laqué noir, divan. Elle s'assied à côté du divan dans un fauteuil avachi.

Elle l'avait prévenu, en prenant ce rendez vous, elle ne cherchait pas à faire une analyse.

-Surtout pas !

Il a l'air nerveux. Il tripote son stylo. Elle est vêtue d'une robe jaune, sans manches, ensemble, couleurs et forme, qui souligne le bronzé naturel de sa peau.

-J'ai besoin d'être régénérée.

-Régénérée ?

-Tu es analyste, tu connais le sens des mots, non ? Je suis venue chercher un enfant. Je n'aime pas spécialement les hommes, tu l'as compris, mais mon amie et moi, nous désirons avoir un enfant. On a réfléchi à diverses solutions, évidemment, l'adoption, le don de sperme, la location de ventre, etc, tu dois être au courant de tout ça, mais finalement, c'est tombé sur toi.

-Sur moi ? Et que suis-je censé faire ?

-Un : me baiser. Je pense que cela te sera facile. Je propose deux séances par semaine. On appellera ça une analyse. Deux : me signer une décharge de paternité. Je pense que cela te sera facile, également. Trois : accepter un traitement que tu iras faire à la clinique du docteur Müller. Tu le connais?

-Non. J'en ai juste entendu parler. Un spécialiste de la procréation assistée. Ce traitement, de quoi s'agit-il ?

Sophie éclate de rire.

-Ah ! Je vois que tu as déjà accepté ! Ce traitement, Müller te l'expliquera. Rien de douloureux, et sans conséquence sur ta santé.

-Pourquoi moi?

-Oh, cela aurait pu être un autre ! Mais, bon, anarchiste et bourgeois, hum, ayant un peu réfléchi à des tas de choses, je vois dans ta bibliothèque, Lacan, Freud, Klein, Winnicot, Ferenczy, et tuttiquanti, les Saintes Ecritures, bon, encore jeune, environ la quarantaine, non ? Physique acceptable, amoureux de l'amour, tu dois avoir de bons gènes ! Tu ne dois pas être complètement mauvais. Et puis, c'est capital, tu me désires ardemment, et rien de bon ne se fait sans désir…

-Tu veux commencer quand ?

-Maintenant.

Once upon a time

Fin mai, on voit Sophie pousser Suzan dans son fauteuil, le long du quai de l'Isère, passer sous les trois bulles du téléphérique, puis entrer dans le parc, et s'arrêter à la terrasse d'un café. Léger crissement des pneus du fauteuil roulant sur le gravillon des allées.

C'est un dimanche matin ensoleillé, il y a peu de monde, des enfants dans les bacs à sable, leurs mères sur les bancs, des joueurs d'échec sous les arbres.

Une fontaine, au centre de la place, répète inlassablement sa petite gamme musicale, mantra apaisant, enfantin. Les feuilles des arbres bruissent dans une conversation chuchotée, des femmes à la terrasse du café, les bras nus, boivent des grenadines.

Des oiseaux chantent. Des enfants crient.

-Tu te souviens de notre premier échange après ta sortie du coma? Après ce que le chirurgien t'avait dit ?

-Très bien.

-Tu m'avais donné deux conseils.

-Le premier tu ne l'as pas suivi. Je t'en remercierai toute ma vie.

-Et le second, qui en découlait ? Tu étais assez solennelle ! « Tu seras seule à prendre les décisions pratiques qui concerneront désormais nos vies. Moi, je ne suis plus bonne, maintenant, qu'à écrire des livres. »

La fontaine, au milieu de la place, poursuit sa chanson, ostinato, répétant le même couplet, les mêmes mots, le long de son fil de soie.

-Je vais te raconter une histoire. Il était une fois cinq personnages. Nous deux, d'abord. Puis deux hommes. Le cinquième, je ne le connais que de réputation. Les deux hommes sont mes deux chevaliers servants de la feria. Max d'abord. Bon. Tu le connais. A Sète il était tellement saoul qu'il avait envie de me baiser ! Je crois que c'était surtout pour impressionner son ami, un truc de mâles archi classique. Pour le rendre jaloux. Je crois aussi qu'ils avaient dû fumer des joints, dans la voiture de Théo, dans la boite à gant, il y avait tout ce qu'il faut ! Et puis c'est un petit journaliste à trois sous! Je n'aimerais pas qu'il me touche.

-Oui, j'aurais l'impression qu'il me touche aussi. Je ne crois pas que j'aimerais ça. Et l'autre ?

-En fait il s'est désigné tout seul. Sans qu'il le sache, il m'a fourni la clef de cette aventure dont je vais te parler. A Arles, il nous a servi sa philosophie de la corrida, il en faisait des tonnes. Pour essayer de m'éblouir, bien sûr! Et puis, pour se rapprocher encore un peu plus, si j'ose dire, il a ajouté que mis à part les taureaux, chez les animaux que l'homme a domestiqués, les mâles sont presque systématiquement éliminés. Je t'ai racontée notre nuit torride sur la plage de la Corniche…

-« C'est moi qui vous tuerai ! »…

-Je crois que j'ai failli mourir, mais de rire cette fois ci, quand je les ai vus, nus tous les deux, réduits à l'impuissance par l'alcool, et par le froid !…

-Des chevaliers servants, portant leurs lances en berne !

-Vision d'enfer !

-Et ensuite ? Tu parles d'aventure, et je me demandais parfois où tu passais tes nuits.

-Au départ je draguais dans les bars, seule ou avec Lisa, une amie rencontrée comme ça, tu ne la connais pas, mais je n'ai rien trouvé à me mettre sous la dent. Je ne voulais pas t'en parler, et je ne t'ai pas parlé non plus de ces piqûres d'hormones que je me fais injecter plusieurs fois par semaine…

-Non !

-Je voulais être sûre de réussir, cette fois. Et donc, un matin, je suis allé voir Théo. Dans son cabinet.

-Et ?

-Et bien, dit Sophie, en prenant la main de Suzan et la posant sur son ventre, voici le cinquième personnage.

British jelly

A l'accueil, à l'hôpital, attendant leur tour, Suzan dans son fauteuil roulant, Sophie sur une chaise en plastique, subissent toujours le même refrain, oui c'est une ts, c'est ça, non madame, je ne parlais pas à vous, oui, non, le docteur vient de partir, veuillez signer là, merci, à quelle heure, non ce sera trop tard, ah pardon, oui ce matin à dix heures quinze il sera là, vous savez où c'est, regardez sur le pan, H3, non Monsieur je vous dis qu'il n'est pas là…

Vous comprenez maintenant pourquoi plus haut, je n'avais pas la moindre envie de décrire l'hôpital ! Eh bien, ça n'a pas changé ! Je me contenterai donc de dire que cet hôpital ressemble à une immense chambre froide, un labyrinthe, un parking sous-terrain, un auditorium aux sons étranglés, un supermarché de la maladie, un zoo fatigué, une mère à manger la douleur, une surprise géante avec un vaporisateur de chloroforme et des sourires en caoutchouc mousse, une entité en forme de gelée anglaise.

Chaque visite les déprime un peu plus. En sortant elles filent chez elles directement. Sophie pousse le fauteuil par la rampe qu'elle a fait installer pour accéder plus facilement par le jardin, aide Suzan à s'asseoir sur le canapé, cale des coussins dans son dos, étend une couverture sur elle, et lui sert un cognac.

Comment faire une fille

La clinique du Docteur Müller, située sur les bords du lac du Bourget, entourée d'un parc aux essences rares, aristocratiques, est une petite Suisse, crémeuse, bichonnée. Elle ressemble à un hôtel de villégiature, une grande villa blanche au bord d'un lac, tourniquets d'arrosage cliquetant dans le silence vert pomme du gazon, limousines brillant de tous leurs chromes sur le parking, à côté d'un terrain de tennis en tuf orangé.

Müller est le dieu de ce monde là, amant métaphorique de toutes les femmes qui viennent y chercher leurs anges, de petits bébés roses et blonds. Il est grand, chauve, bronzé, souriant. Moderne.

Financées par une start-up américaine de biogénétique, ses expériences sur les déterminants xy des chromosomes sexuels, ont réussi, d'abord sur les doryphores, puis les rongeurs, enfin sur les êtres humains.

Müller explique à Sophie comment son désir d'avoir une fille, et non un garçon, peut maintenant être exaucé. Il lui dit pourquoi il est certain du résultat, lui donne un petit livret de quelques pages, imprimé sur un papier luxueux, à la couverture élégante, couleur ivoire, sur laquelle est écrit : « Comment faire une fille ».

-Vous verrez, et j'espère que vous le lirez même si cela vous paraît rébarbatif, comment on peut maintenant déterminer le sexe des embryons, donc des enfants à naître, au moment où le phénotype sexuel n'est pas encore différencié, en empêchant l'activation de la protéine sry, qui signifie sex region of y, protéine qui engendre les cellules sexuelles mâles. Et ainsi nous obtenons exclusivement des cellules sexuelles femelles.

Money money

-Pendant que tu préparais le repas, j'ai reçu un appel de Delaunay. Le procès devrait avoir lieu sous peu. Ce salaud, cet homme d'affaire toujours pressé et responsable de milliers d'emplois, contre une féministe, auteure d'essais que personne ne lit ! Heureusement il y a les faits, la vitesse, l'alcool. Du béton pour nous. Il risque trois ans ferme. Et cinq cent mille euros de dommages et intérêts. Ce qui est bien peu pour une vie foutue! Mais, ensuite, il m'a dit toute autre chose.

-Quoi ?

-Sa nouvelle avocate a mis trois millions d'euros sur la table. Pour lui ce n'est rien. Delaunay me demande l'autorisation de discuter un compromis à l'amiable.

-A l'amiable. Bizarre comme ce terme semble dire le contraire…

-Oui, c'est exactement ce que m'a dit Delaunay. Il a rencontré ce salopard plusieurs fois avec ses avocats, et, bien qu'il porte toujours un nœud papillon…

-Comme notre analyste !

-Oui, je ne sais pas à quoi ressemble ton, enfin je le saurais bientôt, mais lui, ce salopard, d'après Delaunay, il n'a pas la tête à couper du diable. Ces salauds de mâles savent bien cacher leur nature profonde….Bon, son avocate a proposé d'échanger ces trois millions contre le quasi abandon des poursuites et le retrait de notre plainte. Elle se dit certaine qu'avec ça, ce salopard s'en tire par une suspension de cinq ans de permis de conduire, ça il s'en fiche, il a ses chauffeurs, et un an, ou deux, de prison mais avec sursis. Si je suis d'accord, on signe tout de suite. Il verse les trois millions immédiatement, pour tout verrouiller et passer à autre chose.

-Eh bien !

-C'est le mot. Qu'en dis-tu ?

-Tu as déjà pris ta décision, il me semble, non ?

-Oui. Delaunay m'a dit que c'était un bon accord. La condamnation de ce salopard ne me rendra pas mes jambes. Mais avec cet argent on pourra se faire construire une maison entièrement adaptée à, enfin à ce que je suis maintenant, on construira une piscine, je pourrais nager tous les jours, oubliant un peu, l'infirme, l'enfermée, que je suis devenue.

Les trois sœurs

-Champagne ! Nous sommes trois, maintenant. Trois femmes ! Müller a fait tous les examens. Et c'est aussi un peu grâce à Théo qui a dû subir quelques injections… Mais il prenait tant de plaisir à me baiser ! Pour un psy, baiser une lesbienne c'était du domaine de l'inespéré ! Alors ces petits dérangements il les a acceptés sans problème… Mais je voudrais te poser une question : ce que tu es en train d'écrire « Abeilles ! » qu'allons nous en faire ?

-Je ne comprends pas. Le faire éditer, naturellement…

-Ce n'est pas ça. Un jour, tu m'as dit qu'écrire était une invention des mâles, car c'était leur seule façon de transmettre. Si je continue à écrire, tu disais, est-ce que je ne risque pas de devenir un homme ? Si je veux rester une femme, c'était ton mot, je dois arracher de moi tous les bourgeons masculins qui s'y sont greffés et ont abîmé ma nature. Tu t'en souviens ? C'était à Cork, un soir, chez tes amis.

-Oui, c'était une époque où j'étais encore debout sur mes jambes…C'était chez Helen. Il y avait aussi Andrew, cet écrivain, le frère de Jane.

-Oui, assez beau, cet Andrew, je m'en souviens très bien…Avec sa tête de rocker blasé.

Cork

Le bruit du ressac, en bas, qui n'était pas un bruit, plutôt le rythme que doit faire, quelque part, le temps qui passe, le bois écaillé de la terrasse, les touffes d'herbe jaunes et cassantes dans le sable, le monde qui peu à peu virait vers le mauve et le vert, et au loin, les bateaux de pêche, ces presque rien blancs coincés entre ciel et mer.

Abeilles !

-J'avais pris des notes, le soir même, tu te souviens, on avait dormi chez elles, dans cette petite chambre. J'ai relu ces notes il y a peu, pour ce livre justement. Je disais que les hommes ne s'aiment pas, je pensais à Andrew justement, et qu'écrire est une façon de moins s'aimer encore. Pour parler, écouter, il faut être proche. En écrivant on peut se permettre de haïr sans trop de risque ! Tous ces écrivains mâles pleins de rage contre le monde m'ont toujours fait rire. Je les trouve pathétiques. Des enfants qui jouent à la guerre. Injurier le monde entier sans risquer une balle en retour est du plus haut comique ! Mais je parle surtout du système social des abeilles, cette organisation à la fois biologique et sociale, éternelle si tu veux, parce que ce sont les femelles qui mènent ce monde-là. Ca tourne toujours autour de cette idée que le féminin est inscrit dans l'harmonie universelle, il n'a nul besoin d'être dans l'Histoire, l'Histoire qui n'est que la somme des combats entre les mâles. Tu connais tout ça, je t'en ai déjà parlé trente six fois. Chez les abeilles, le mâle qu'on l'appelle le faux bourdon…

-Le mâle a toujours quelque chose de faux…

-Ah oui ! Tiens je l'ajouterai dans mon livre ! Le mâle donc, est éjecté de la ruche dès qu'il a donné son sperme. Il meurt. Il n'est que le ça, comme tous les mâles ! Il n'est qu'un donneur de sperme. Mort, il ne dérangera pas l'harmonie des femelles. Ensuite j'essaie de montrer comment certains féministes inconséquentes, en singeant les hommes, nous font courir deux fois plus vite à la catastrophe. C'est comme si ces faux bourdons revenaient dans la ruche. Misère ! Bon, mais où veux-tu en venir ?

-A ça justement. Nous nous aimons parce que nous pensons des choses semblables que nous disons différemment. Mais il faut maintenant écrire sur la chair. Je veux dire qu'on pourrait faire autre chose qu'un livre.

-Que veux-tu dire ?

-A combien d'exemplaires s'est vendu « La moitié du monde » ?

-Tu le sais bien. Trois fois rien.

-Et encore, celles qui l'ont acheté étaient déjà des convaincues. Je ne dis pas ça pour te blesser, tu le sais.

-Continues, je t'écoute.

-Le salopard nous a volé un bien précieux, mais il est aussi celui qui me permet de mettre tes idées en pratique. Avec l'aide, justement, de tout cet argent.

-Je ne comprends pas.

-Depuis que je sais que le salopard porte un nœud papillon, comme notre cher Théo, eh bien tu vois, c'est comme dans les rêves, un simple détail sur une personne peut en réalité être le signalement d'une autre personne. Le nœud papillon m'a fait passer de Théo à ce salopard. Tu vois ?

-Oui.

-J'avais des vues sur Théo, des idées, euh, je veux dire que j'avais envie de lui faire subir quelque chose, je ne sais pas quoi exactement, disons de me venger de nos désagréments immémoriaux, d'incarner tes idées si tu veux !...Mais, finalement, Théo se contentera d'être un père inconnu, son rôle s'arrêtera là. Maintenant c'est ce salopard qui m'intéresse. Il n'a exprimé aucun remords, il n'a pas eu un brin de compassion, son fric le lave de tout, c'est comme s'il était innocent, parce que grâce à son argent, il se juge lui-même et se déclare acquitté ! Comme tous les gens très riches, il exploite sans états d'âme des milliers d'hommes, il se fiche de leurs souffrances, alors une femme détruite, une femme, il ne craint pas d'y penser un seul instant ! Et bien moi je vais lui emprunter sa violence, et si la violence c'est un truc de mâles qui me répugne, là ce sera de la légitime défense ! Je dois trouver un truc dont il se souviendra toute sa vie. Il aura ce qu'il mérite.

C'est le bon endroit pour ce paragraphe

Dans le paragraphe suivant, Suzan fait à Sophie le récit d'une révélation soudaine. Je ne sais quand ce brusque dévoilement, cette illumination, a eu lieu, mais si je le place à et endroit c'est parce que le discours de Sophie, à ce moment là, a pu déclencher la remontée de ce passé enfoui sous le coma, tiré vers l'oubli par le poids de la souffrance.

Cette voiture me suivait depuis un moment. J'ai commencé à la remarquer après la sortie du périphérique, mais peut-être, en fait, dès que j'ai quitté le studio, à la fin de l'émission. A chaque croisement, elle prenait la même route que moi. Cela a duré une heure, au moins, et sous la pluie, je voyais dans le rétroviseur ces phares qui conservaient toujours la même distance. Arrivée à ce fameux carrefour, comme une imbécile, j'ai décidé de m'arrêter. J'étais furieuse. Je suis descendue de voiture, il pleuvait à torrents, on n'y voyait presque rien, cette voiture s'était aussi arrêtée, un peu plus loin. J'avais pris avec moi la bombe à gaz, je l'avais glissée dans la poche de mon imper.

Quelqu'un est descendu de cette voiture et s'est dirigé vers moi. Je lui ai demandé ce qu'il voulait, je lui ai dit de dégager, d'arrêter de me suivre, que je n'avais besoin de rien. Mais il continuait à s'approcher de moi, je ne voyais pas qui c'était, à part que c'était un homme, et là soudain, j'ai enfin compris ses intentions, merde on n'est jamais assez méfiante, ce type qui me suivait depuis une heure avec sa bagnole, c'était comme s'il m'avait sodomisée, c'est bien pour ça que je m'étais arrêtée et que j'avais jailli de ma voiture comme une furie, et me suis dirigée vers ce connard, quelle idiote j'étais ! Après, vraiment, tout s'est passé très vite, il a voulu se jeter sur moi, il a failli m'attraper, j'étais folle de rage, j'ai pu l'asperger un peu avec la bombe, ça m'a donné du répit, je suis retourné vers la voiture en courant, mais j'avais perdu une chaussure, et, c'est ce qui m' a peut-être sauvée, enfin si on peut dire, grâce au gaz que j'avais pu lui envoyer, il a dû trébucher ou bien il a hésité, je ne sais pas vraiment, mais le temps qu'il se reprenne, j'ai réussi à faire démarrer la voiture, et quand j'allais tourner à droite pour aller vers la vallée de la Marne chez Anna, sa voiture est arrivée par derrière, avec une violence inouïe et m'a projeté vers ce mur, j'ai essayé de freiner, mais ça n'a servi à rien.

Rossetti

Pour vous donner une idée de ce qu'écrit Suzan Wyan, susciter en vous l'envie de lire ses textes, ou vous permettre d'en parler sans l'avoir lue, voici, concernant son dernier livre, « Abeilles ! » (Œditions Sabine Webster 2014), à quoi ressemble l'emballage, c'est à dire la couverture et le texte figurant au dos.

L'image de la couverture est une imitation d'un tableau de Dante Gabriel Rossetti. A l'arrière plan, un paysage bucolique, colline, rivière, ciel pommelé, vergers en fleurs, moutons. Et au premier plan, une femme rousse, cheveux longs tombant sur les épaules, yeux verts, vêtue d'une robe de satin vert foncé. Dans une pause qui parodie l'affiche du film « Bons baisers de Russie », bras droit appuyé sur le gauche, elle tient, dans sa main droite, à hauteur d'épaule, un 9mm Parabellum.

Et voici le texte de la quatrième de couverture :

« Avant il y avait un œuf dans le nid. Maintenant l'œuf est entré dans le ventre, puis quand l'enfant naît inachevé, la mère invente la métaphore de l'utérus, la maison. Cette invention a fait d'une femelle une femme, l'inventrice du lien mère-enfant, c'est à dire de la société, de la culture.

La mère est investie dans son rôle de sauver l'enfant des agressions du monde, et des mâles de l'espèce en particulier. Cet enfant étant un autre elle même, elle cherche avant tout à sauver l'image pacifique qu'elle se fait de la vie et du monde. Cette perception est l'être de la femme. Parce qu'elle redonne la vie qu'on lui a donnée, elle s'inscrit dans un cycle universel, une chaîne qui va de la première femme à la dernière, une chaîne de chair quasi éternelle.

Et pendant qu'elle fait bouillir la marmite de la survie, l'homme, chassé du jardin parfumé des femmes, est assis sur les bancs de la place publique à l'ombre des platanes en compagnie des autres hommes. C'est ainsi qu'il invente Dieu, la politique, la philosophie, la guerre, et autres remèdes catastrophiques.

La solitude du mâle, ce non échange qui est sa nature, est *une erreur* dans l'ordre du monde qui, lui, n'accepte que l'échange, et cette négativité le voue à la violence.

La mère est dans la douceur naturelle du monde, son éternelle harmonie, l'homme est dans le combat, la nostalgie et le ressentiment, dont il croit qu'ils sont les moteurs de l'Histoire. L'homme aujourd'hui fait semblant d'être un père, mais c'est un barbare qui perturbe la relation mère-enfant et crée ainsi le futur barbare du monde. »

A la parution de cet ouvrage, Raphaël Ponant le réceptionnait ainsi dans un article du *Monde* :

« Comme toute spéculation intellectuelle, celle de Suzan Wyan s'inscrit dans ce schéma : même fausse, une idée a toujours quelque chose d'esthétique. La philosophie aussi procède de l'inspiration, de l'émotion, et en ce sens elle est aussi une création artistique. Mais si j'étais plus méchant, et je le suis, je dirais que c'est une théorie du monde, une de plus, et non le monde. La théorie est toujours trop petite par rapport au monde, et le monde ne peut pas y entrer. C'est comme les enfants qu'on force à tout prix à faire entrer dans la loi, à obéir, ça les met en colère. Les théories sont souvent en colère, et celle de Mme Wyan plus que toute autre. Et, si on s'en tient à cette pensée de Nietzsche qui dit que toute philosophie est une métaphore biographique, que la pensée est une exégèse du corps, alors ce livre est surtout une lettre envoyée par l'auteur à celui qui a abimé son corps, celui qui a détruit sa vie. »

Ce Ponant, je ne sais pas qui c'est, mais quand j'aurais bouclé cette enquête, je tâcherais d'aller le voir pour lui dire ce que je pense de son article : une merde. Comme un gamin dans la cour de récré cite son père pour menacer un autre merdeux, il cite Nietzsche pour faire son malin, pour menacer son lecteur, ce qui n'est ni intelligent ni sympathique pour ce lecteur qui a misé quelques centimes sur son nom et qui n'a pas demandé à être agressé.

Ponant est un homme, un mâle, il ne prend pas la peine de discuter du fond de la théorie de Suzan, non, il l'envoie valdinguer dans le caniveau, et la seule raison plausible de ce comportement de gamin, c'est qu'il n'aime pas les femmes, encore moins les femmes qui écrivent des livres, et encore mois les femmes qui écrivent des livres et qui sont homosexuelles. Il ne peut pas la séduire, alors il ne l'écoute pas, il ne peut pas la séduire, alors il répond à côté, il ne peut pas la séduire alors il l'insulte, il ne peut pas la séduire, alors il dit : regardez comme je lui envois cet uppercut avec classe, il ne peut pas la séduire, alors, moralement, il la viole.

Eva m'avait accompagnée lors d'un de mes nombreux séjours à Sète ; je lui avais expliquée les raisons de ma présence ici. Elle prenait des photos et dessinait, c'était au début de l'automne, tout était léger et drôle. Et le sujet de mon enquête l'intéressait au plus haut point, car elle avait un projet, écrire sur ces deux pièces d'un jeu d'échec où il n'y aurait que ces deux pièces là, la femme-prostituée et l'homme-soldat et dont l'exergue était ce vers d'Aragon :

Elle travaillait avec vaillance
pour un artilleur de Mayence.

On avait pris un verre au bar du Perroquet vert.

-Cette Suzan a vraiment raison, m'avait-elle dit ce soir là, l'histoire de l'humanité, c'est vraiment ça, c'est seulement ça, une succession de crimes commis par les mâles. Et, tu vois, tes deux idiots, Théo et son ami, le journaliste, eh bien ils aiment la corrida, et la corrida, même avec toutes ces belles couleurs, les habits de lumière, et la *musica musica !* et tout ce que tu veux, c'est un crime, ni plus ni moins ! Au nom de quoi un animal vaudrait moins qu'un homme ? Au nom des hommes bien sûr, car dans ce monde de la tauromachie, évidemment il n'y a que des hommes, il n'y a pas une seule femme !....

Il pleuvait sur Sète ce jour là, j'avais pris Eva en photo juste avant qu'elle ne prenne le train. C'était au bout du Môle Saint Louis, où elle a réalisé un très beau cliché d'un banc vide entre deux éclaircies, parce que je lui avais dit que j'en cherchais un avec des hommes en train de réfléchir, afin d'illustrer la pensée de Suzan, et qu'elle avait éclaté de rire en découvrant ce banc inhabité…

Barollo

Sophie traverse le pont piétonnier en bois. Le tablier se balance imperceptiblement. La brise du soir monte depuis la rivière.

Elle entre chez Tonio. Il est plus de vingt et une heures. Dans la petite salle il y a juste un couple. Ils s'apprêtent à partir. Elle demande au garçon ce qu'il y a de meilleur, commande une demi-bouteille de Barollo. Quand le couple s'en va, elle en est à la moitié de son repas et Tonio sort de la cuisine.

-Je peux vous tenir compagnie ? Ma journée est quasiment finie. Pietro s'occupera de la suite. Vous êtes seule ?

-On ne peut rien vous cacher.

-Votre amie Suzan va bien ? Je veux dire, il n'y a rien de nouveau ?

-Je ne pense pas.

-Alors tout va bien.

-J'aurai besoin d'un renseignement.

Pietro apporte la suite qu'elle a commandée juste pour la musique des mots, elle ne parle pas italien. Elle rempli son verre de Barollo.

-Un renseignement de quel ordre ?

Un sourire à trois sous mais qui doit être efficace. Elle croise les jambes. Le deuxième verre de Barollo lui dit : les hommes se font toujours piégés par le froissement d'une robe sur les jambes d'une femme. Cette musique les rend attentifs. Les hommes sont de grands mélomanes.

-L'argent n'est pas le problème.

Tonio sourit.

-Quelque chose d'onéreux, donc.

Onéreux, c'est bizarre dans sa bouche. Un mot rare, pour un pizzaiolo.

La bouteille est vide.

-Je vous offre un verre ?

-Le même alors. Je n'aime pas les mélanges.

Tonio se lève, débouche une bouteille derrière le bar.

-Pietro, dit-il, en se tournant vers la cuisine, tu peux rentrer chez toi. Je terminerai.

Il y a un bruit de vaisselle, de tiroirs qui se ferment, de couverts qu'on jette dans un évier en inox. Pietro traverse la salle.

-A demain.

Il a tout juste dix-sept ans. Tonio apporte deux verres et s'assied en face d'elle, à califourchon. Elle boit lentement.

-Il est encore meilleur.

-C'est une réserve spéciale.

Il est presque onze heures. Il n'y a presque plus de voitures. On entend la rivière.

-Il faudrait que je rencontre quelqu'un.

-Qui ?

-Eh bien, comment on dit ? Votre boss ? Votre chef ?

-Ah, oui. D'accord.

Il regarde l'horloge.

-Dans une heure je pourrai vous y conduire. En attendant, je dois finir ce que j'ai à faire.

Il se lève, et fait ce qu'il a dit. Elle tire un livre de son sac, un recueil de nouvelles d'Esther Freud, se cale confortablement contre le dossier, un pied sur le barreau d'une autre chaise.

Tonio réapparait derrière le bar.

-Il manque juste la télé, dit-il.

Camionetta

Il allume une cigarette. Continue à faire ses comptes avec un crayon et un petit carnet à spirales. Puis ferme le tiroir-caisse à clef.

-On y va. La camionnette est devant. Bon. Mais une fois dans la voiture, il y a une heure de route, à peu près, je vous mets à l'arrière, on n'y voit rien. Ne craignez rien. C'est confortable. Y a même un lit. Vous serez pas la première, hein !

La camionnette n'est pas une *camionetta* ordinaire, mais un van, un gros V huit customisé, violet et rose, avec un hublot sur le côté, des flammes rugissantes sur le capot avant.

Une heure après, le bruit du moteur se tait. Tonio fait le tour de la voiture. Allume une cigarette. Tire quelques bouffées. Les grillons. Il écoute les grillons dans l'herbe près du parking ! Les premiers grillons du printemps. Donne un coup de mouchoir à ses chaussures. Se recoiffe. Puis ouvre la portière coulissante.

-On est arrivé.

Elle défroisse sa robe sans le regarder.

-Suivez-moi, c'est par là.

Tonio frappe à une lourde porte en bois. Dans une petite rue.

-Oui ? dit quelqu'un en ouvrant une trappe dans la porte.

-C'est moi, Tonio. Je suis avec la femme.

-Entre.

Ils pénètrent dans une pièce enfumée. Un bar. Un plafond bas. Des lumières rouges et vertes. Deux femmes en robe en lamé accoudées au bar. Tonio les embrasse, leur murmure ce qu'il doit certainement leur dire chaque fois, puis se tourne vers Sophie.

-Sonia va vous conduire.

Sonia, celle qui a une robe en lamé vert, se dégage des bras de Tonio. Sophie la suit. Sonia ouvre une autre porte, elles grimpent dans un escalier à vis, en métal. Sonia a du mal à marcher avec sa robe-fourreau qui donne à ses hanches des ondulations de sirène.

Depuis le palier, on devine dans le fond, un bureau, une lampe, un homme.

-Fredo, la femme est arrivée.

L'homme reste assis derrière son bureau. Sophie le distingue mal, voit surtout ses mains sous la lampe à l'américaine. Il a plein de poils noirs sur les doigts.

-La règle, c'est moi qui la fixe. Vous déposez d'abord vingt mille euros en liquide. Après on parle. Si on peut le faire, vous versez à nouveau vingt mille. Et on le fait.

-Et si on ne peut pas ?
-On peut toujours.
-D'accord. Même heure, demain, c'est possible ?
-Même heure.

Cinquetti

Est-ce que le noir deux fois noir existe ? Pas plus que le bleu bis ou le double magenta. Il y a le noir de la nuit, vers deux heures du matin, une nuit d'automne égarée dans le printemps car il n'y a ni lune ni étoiles. Une nuit à la campagne, dont le noir n'est pas altéré par la lumière des villes, lampadaires, enseignes, phares de voitures. Ce noir de nuit ressemble au noir ronronnement du moteur de la voiture, qui roule sans accroc dans la campagne noire.

Le noir empli tout l'espace, il n'y a que le blanc de ce qu'elle se dit à elle même. Comme les sous-titres d'un film en v.o.

-On est arrivé

Il fait peut-être des ronds et des tours dans la campagne et revient au même endroit. Tonio doit être fier d'obéir à celui qui a dû lui dire : ballade-la un peu, fais lui découvrir la campagne.

Ensuite se déroule la même scène que précédemment, plus une petite pluie fine qui se met à tomber, timidement.

La porte en bois, lourde et cloutée, brille sous la pluie. Le guichet s'ouvre.

-Oui ?

-C'est Tonio. Je suis avec la femme.

-Passez devant, dit Tonio.

La porte grince, Tonio jette un bref coup d'œil dans la rue en allumant une cigarette, puis pousse Sophie devant lui.

-Entrez.

Elle pénètre dans la lumière du bar.

-Salut la compagnie, dit Tonio.

On entend une chanson italienne des années soixante, *non ho l'èta* de Gigliola Cinquetti, quelque chose d'un peu bête mais en même temps enveloppé par le désir qui embelli.

La scia che io viva
un amore romantico
nell'attesa che venga quel giorno
ma ora no
non ho l'èta
non ho l'èta per amarti
non ho l'èta
per uscire sola con te

Tonio refait les mêmes gestes avec Sonia et Sandra, la verte et la rouge, est-ce qu'il a eu la permission de les balader, de leur faire visiter la campagne ?

Sonia glisse de son tabouret, écrase sa cigarette, et lui envoi un sourire à trois sous. Sophie la suit dans l'escalier qui tremble un peu et résonne sous les talons de Sonia. Dans sa robe en lamé étincelant, son corps ondule, ses hanches ont la forme d'une jarre pleine d'huile.

-Merde, ces putains d'escaliers, j'ai failli péter un talon.

Elle se retourne.

-C'est vrai, quoi, ces escaliers. Bon, c'est au fond, vous connaissez le chemin, il va arriver. Asseyez vous dans le canapé, c'est là qu'il a dit. Il va pas tarder. Allez, à tout à l'heure, ma jolie.

Un bruit de pas sort du fond obscur là bas, elle tourne la tête. L'homme file directement à son bureau.

Du moment où elle s'est levée, s'est assise, face à lui, l'homme n'a pas cessé de la regarder, et dans ce moment de court silence qui leur sert de miroir, il la regarde encore, mais elle ne parvient pas à deviner quelle partie de son corps ou de son visage il fixe.

-Vous avez l'enveloppe ?

-Oui.

-Donnez.

Elle ouvre son sac. Il la fixe toujours. Elle se lève un peu pour glisser une enveloppe vers lui.

-Vous pouvez compter.

-Vingt mille.

-Vingt mille, oui, c'est ce qu'on avait dit.

Il sort les billets.

-Que des billets de cinq cent ?

-C'était plus facile pour moi. Je veux dire, ça tient déjà beaucoup de place.

Il compte.

Flap, flap, flap.

-C'est bon.

Il met les billets dans les poches de sa veste.

-La banque. Qu'est-ce que vous avez raconté à la banque ? Vous avez fait plusieurs prélèvements ?

-Non, il n'y a eu aucun problème.

-J'avais dit à Tonio de vous en parler, de prendre des précautions. On ne sait jamais. Mais ce con, il a oublié.

-Les banques ne posent jamais de questions aux riches, vous ne le saviez pas ? Jamais de questions embarrassantes, en tous cas.

Il fait semblant de sourire.

-Bien. Racontez-moi.

Il prend quelques notes, contemple les photos.

-Les photos, comment les avez vous eues ? Je veux dire, c'est vous qui les avez prises ?

-Je me suis débrouillée. D'accord ?

-D'accord. Je les montrerai, puis on les brûlera. L'adresse, Paris, hum. Quartier chicos, hein ? Il faudra sous-traiter. Donc il faudra un supplément.

-Combien ?

-Cinq mille.

-D'accord. Je les ai.

Sophie plonge la main dans son sac, étale dix billets supplémentaires.

-Alors ?

-C'est ok.

Il appuie sur un interphone.

-Sonia, c'est bon. Viens la chercher.

Happy Christmas

-On est arrivé.

Ils entrent dans le bar. Les deux filles, la verte et la rouge. La fumée des cigarettes. Des types qui parlent à voix haute, dans le fond de la pièce. Ils jouent aux cartes sous une lampe de cinéma.

Sonia lui adresse le même mouvement d'yeux imperceptible.

-OK ma belle, suivez moi.

Sonia grimpe l'escalier en fer.

-Merci de refermer derrière vous. Le patron n'aime pas les portes ouvertes.

Elle ne porte pas une robe en lamé, cette fois ci, mais une plus courte, pas très élégante. Sur le haut de sa cuisse, le bas est déchiré.

-Vous connaissez le chemin. A tout à l'heure.

Sophie se dirige vers le bureau.

-Je ne vous demande pas comment ça c'est passé. Ca ne m'intéresse pas. Je veux juste une réponse.

-Ca s'est passé. Point.

-D'accord.

Ils se fixent en silence pendant un moment. On entend en bas les joueurs de carte. Ils rient et ils s'engueulent.

-Vous oubliez de me donner la preuve. Comme c'était convenu.

-Non. Je n'oublie rien. Sonia vous la donnera.

Il appuie sur la sonnette. Parle dans l'interphone.

-Sonia !

Sonia monte l'escalier en courant, arrive sur le palier, essoufflée.

-Raccompagne la dame. Dis à Tonio que c'est bon. Et donne-lui ce que je t'ai dit.

Elles descendent l'escalier en colimaçon. Sonia referme la porte derrière elle. Tonio est assis dans un coin, à ne rien faire.

-Attendez là, dit Sonia.

Elle passe derrière le bar, tire un tiroir à côté de l'évier.

-Tenez.

C'est un paquet cadeau, de la taille d'une boite de cigares, recouvert d'un papier argenté, entouré d'un fil doré.

-Joyeux Noël, ma belle.

Sophie contemple le paquet.

-Vous voulez l'ouvrir tout de suite ? Tenez, prenez cette paire de ciseaux, ça a l'air bien serré, ce truc.

-Je suis impatiente. Montrez-moi les toilettes.

-Les toilettes ? Vous vous sentez mal ?

-Non.

-Suivez-moi.

Le plancher craque, il est vieux, mal entretenu, on ne l'a pas ciré depuis des années. Elles passent devant les joueurs de poker, puis dans une salle de billard avec des billards français et un billard américain.

La pièce est vide et peu éclairée. Une odeur de poussière ancienne, un peu humide, flotte.

-C'est là, ma belle.

Sophie pénètre dans les toilettes, pose la boite sur le bord du lavabo, fait sauter la ficelle, déchire le papier. Ouvre la boite. Il y a une carte d'identité plastifiée. Elle semble déçue. Puis découvre un autre compartiment. Elle ôte ce deuxième couvercle. Ils aiment bien les trappes. Au fond de la boite, il y a des organes génitaux et un nœud papillon.

Elle prend les ciseaux, réduit en miette la carte d'identité en la coupant en tout petits morceaux, les jette au fond de la cuvette, derrière elle, tire la chasse à plusieurs reprises. Ressort des toilettes, s'arrête devant le billard américain, et dans la trappe du billard, jette les organes génitaux.

-Alors ? dit Sonia. Tout va pour le mieux ? Vous n'êtes pas malade ?

-Non.

-Vous êtes pâlichonne. Je vais vous servir quelque chose.

Elle fait glisser un verre sur le zinc, devant elle, y verse une dose de whisky.

-Buvez. Ya rien de mieux.

-Merci. Tenez, à moi de vous faire un cadeau. Approchez vous.

Elle passe le nœud papillon autour du cou de Sonia.

-Il est du même vert que votre robe. Ca vous va bien.

Sonia se tourne vers le miroir, derrière le bar.

-C'est joli tout plein.

Sophie se penche par dessus le bar et prend Sonia par les épaules. L'embrasse furtivement, sur le coin des lèvres.

-Vous alors, dit Sonia.

(Sur le quai Saint-Laurent au bord de l'Isère, le nombre de pizzerias appartenant à des italiens est aussi grand que la probabilité que le nombre de pizzas cuites dans le four ne soit pas ce qui importe le plus. On fait cuire de la pâte, mais, sans doute, on blanchit de l'argent.)

SE FROTTER A L'AURORE

Sodome

Dans la vie de Schuman, le trois novembre à deux heures trente-cinq du matin, il y a beaucoup plus qu'une fausse note. Il y a une rencontre qui le fait dévier de sa route, un point noir où, dans cette nuit pluvieuse, les choses vont commencer, en effet, à dévier de leurs cours. Où cette vie va cesser de persévérer dans son être.

A Paris, dans le grésillement des lumières sur l'asphalte, deux voitures quittent presque en même temps le même parking. Et suivent le même itinéraire, un boulevard, puis le périphérique, l'autoroute, une nationale et enfin une départementale.

La lumière des phares de la voiture que conduit Schuman brillent sur le goudron comme sur une vitre. Hormis ce qu'ils éclairent, quelques dizaines de mètres et la silhouette de l'autre voiture, devant, le reste de l'univers n'a qu'une seule couleur, le noir.

Le vent secoue le monde à coup de grandes brassées d'eau, mais le gros scarabée, haut sur pattes, ne dévie pas d'un pouce. Il trace sa route, gardant son cap, celui désigné par la voiture qui le précède.

Ce qui est visible, malgré la pluie, drue, épaisse et grasse, dans l'obscurité de cette campagne fermée à double tour, c'est seulement cela : la grosse voiture noire suit l'autre véhicule, depuis plus d'une heure, depuis la banlieue, et depuis le cœur de Paris.

Dans cette nature qui tangue, à quelques mètres d'un carrefour, où on devine le mur d'une ferme en ruine, parmi les grands cadavres noirs des champs, dans cet aplat de terre fumante, la voiture que suit Schuman ralentit, puis, brutalement, freine. Et à l'endroit où la ferme est perpendiculaire à la route, la voiture de Schuman la heurte violemment, la propulse vers le mur, où elle s'écrase.

Le bruit de la pluie est si fort, il y a l'épaisseur de toute cette eau qui tombe, cela se fait presque en silence. Un crissement, dans lequel il y a autant d'odeurs que de bruits, puis un froissement, du métal plié, broyé, enfin un léger decrescendo, du verre qui éclate, de la vapeur chaude, et le bruit de la pluie, seul, à nouveau.

Schuman descend. Il s'approche de la voiture, un accordéon coincé entre le mur et sa propre voiture. Il regarde à l'intérieur : des cheveux clairs qui dépassent sous la grosse bouée blanche de l'airbag, l'eau qui coule sur le tableau de bord, noyé par les éclats de verre du pare-brise.

Il retourne vers sa voiture, examine l'avant, le pare-choc enfoncé, fait demi-tour et disparaît dans la nuit.

Voici ce que j'avais écrit dans mon carnet, quand j'en suis arrivée là : « L'agression entre ces deux voitures n'est certes pas une métaphore, elle est l'incarnation de la domination des hommes sur les femmes, des hommes qui par la force ont acquis le droit d'user de la force sur celles qui n'ont pas acquis ces droits. La démocratie est un faux que certains hommes ont fabriqué en copiant sans talent une belle idée. Ils oublient que la capacité à réfléchir serait potentiellement le bien le mieux partagé au monde, si par leur force déguisée en droit, ils n'avaient pas saccagé ce bien, chez les autres comme chez eux. ».

J'étais encore à Sète quand j'écrivais ça, et dans une rue du quartier italien, j'ai photographié un graffiti qui représentait un cercueil avec le signe du dollar $. Pour celui qui l'a dessiné, je ne sais pas quel sens cela avait, mais pour moi c'est évident : le capitalisme est le produit de la pulsion masculine de la mort.

Couloir de la mort

La nuit et la pluie sont ce qu'elles étaient une heure avant. Noires, striées de vives aiguilles de lumière blanche par à-coups, des brefs dans une grande période de noir. Schuman traverse des banlieues éparpillées dans la nuit, s'arrête devant une cabine téléphonique, prend une voie rapide, pénètre dans une forêt. Après la fermeture automatique du portail, il tourne derrière la maison du gardien, dans un parc, arrête le moteur. Tire du coffre une valise. Ote imperméable, chaussures, pantalon, caleçon. Le sol en ciment est glacial. Schuman est presque nu. Il se rhabille, jette en vrac dans la valise tout ce qu'il vient d'enlever.

Il roule lentement vers le château. Il pleut toujours. Il est environ quatre heures du matin. Il s'arrête au pied du perron, une large volée d'escaliers en forme de demi-cercle. Grimpe la vingtaine de marches, pousse la porte en verre.

Dans le salon, assise dans un fauteuil anglais, une jeune femme écrit dans un carnet, le carnet éclairé par le halo d'une lampe à côté d'elle.

Elle se lève presque d'un bond, remet, d'un geste machinal, une mèche de ses cheveux derrière l'oreille, et se réfugie derrière le comptoir.

-Vous venez voir votre mère ?

-Oui, elle m'a appelé, vers minuit. Pendant ses insomnies, l'angoisse la tétanise. Enfin, comme d'habitude.

-Je comprends. Je vous laisse aller ?

-Préparez-moi un café. Je ne vais pas rester longtemps.

Ses chaussures sur le caoutchouc du couloir font des bruits de baisers.

Dans la chambre, à part la veilleuse qui diffuse une faible lueur orangée, il n'y a pas de lumière. Il s'avance jusqu'au pied du lit. La tête reposant sur plusieurs oreillers, la chevelure grise étalée sur le blanc de l'oreiller, comme une tache, combien de fois lui ai-je dit de se faire couper les cheveux, comme une flaque d'eau croupie, la vieille dame dort.

Hermès

La jeune femme pousse la tasse de café vers Schuman.

-Finalement, ma mère s'était rendormie.

-En effet, elle n'a pas sonné cette nuit. Je veux dire, votre mère n'a pas appelé.

Costume-tailleur cintré, fines rayures, carré Hermès, or et ocre-rouge, sur les épaules. Le carré : un cadeau, certainement, un petit signe de soumission à l'égard d'une de ces vieilles dames, tellement vieilles qu'on peut se demander comment elles avaient pu être belles, comment elles avaient pu se promener, au crépuscule, en robe de soie bleue, en riant, au bord d'un lac.

Les coudes sur le comptoir, elle tripote son bracelet, à quelques centimètres de la main de Schuman qui fait tourner la cuillère dans la tasse. Pendant quelques dizaines de secondes, on n'entend que ce bruit là, la cuillère heurtant la porcelaine, puis, un peu plus fort, deux coups brefs, la cuillère contre la soucoupe.

Schuman la regarde. Ses yeux un peu écartés. Ses poignets fragiles.

D'un côté du comptoir, lui, planté dans son corps massif, et, de l'autre côté, elle, dans cette mince fonction d'hôtesse.

-Vous vous plaisez ici, n'est-ce pas ?

-Oui. Toutes ces dames sont en général charmantes. Les vieux messieurs aussi, naturellement.

-Et le salaire.

-Le salaire ?

-Le salaire, aussi, est charmant.

Elle sourit. Mais sa lèvre tremble un peu. Il fixe sa bouche. Sa peau, autour des lèvres, dans le plein des joues, au dessous des yeux. Et la chair de son cou.

-Quelle heure est-il exactement ?

Il contemple son poignet. Deux jolies veines bleues qui, bizarrement, se croisent, l'une sur l'autre, à fleur de peau. Sans bouger, elle regarde sa montre.

-Quatre heures dix.

-Bon. Je suis venu vers une heure, une heure trente, je suis resté jusque vers deux heures. Ma mère était réveillée. Vous notez ?

-Oui Monsieur.

-Quel est votre nom ?

-Doinel. Laetitia Doinel.

-Comme Antoine.

-Antoine ?

-Antoine Doinel. Truffaut. Les 400 coups.

Entre elle et Schuman il y a tout ce large comptoir.

Pourtant elle recule un peu, fléchissant légèrement vers l'avant, rentrant les épaules.

-Ah, oui, excusez moi.

-Bon. Donnez-moi un numéro de portable, où je pourrais vous joindre. Eventuellement.

Elle griffonne le numéro sur un bloc de papier.

-J'ai entendu dire que vous écrivez. Vous savez, je connais tout le monde dans l'édition. Je pourrai vous être utile, voyez-vous. Très utile. Où habitez-vous ?

-A Compiègne. Enfin, à Armancourt, près de la forêt de Gèze.

-Bien. Ah, une dernière chose. Il faut m'appeler un taxi. Je crois que je vais tomber en panne d'essence. Vous en connaissez ?

-Oui, nous avons une compagnie qui envoie un taxi dès que nous l'appelons. Quelle que soit l'heure.

-Alors faites-le. Je vais laisser ma voiture dans un des garages, derrière. Donnez-moi une clef. Et notez : je suis venu en taxi, je suis reparti en taxi.

Jura

Il fait le tour du château, rentre la voiture dans un garage, sous les cèdres, descend, referme la porte coulissante, grimpe à nouveau dans la voiture.

Il abaisse le miroir du pare-soleil. Touche sa barbe naissante. Sa peau irritée, presque jaune. Les paupières qui tombent un peu. Cinquante neuf ans bien tassés dans un sablier. Et à la commissure des lèvres, des rides. Il s'arrête sur ce mot, commissure. Guère employé que dans cette expression, commissure des lèvres. Commissaire, vomissure. Il remonte le pare-soleil d'un coup sec.

Se penche vers la boîte à gants, en sort une flasque de whisky, Isle of Jura, twenty four-years old.

Puis il compose un numéro sur son portable.

-Clara, je te réveille, mais c'est urgent.

-Quoi ? Où es-tu ?

-A Fontainebleau.

-Ta mère ?

-Non. Elle va bien. Je te raconterai. Il faudrait que tu appelles Hoveyda, le plus rapidement possible.

-Tu as vu l'heure ?

-Mais oui. Dis lui de venir tout de suite. Appelle aussi les autres membres de l'Aurore, Choubert et Gaspéri. Et Kolnikov. Qu'ils viennent eux aussi. Bon, je te laisse. Je suis là dans un peu moins d'une heure.

Il prend sa valise, referme le garage à clef, met la clef dans sa poche. Il pleut toujours. Il court le long des murs du château pour se protéger. Au pied du perron, une voiture attend.

Le chauffeur est noir. Tête nue sous la pluie, tenant la portière ouverte.

Messager I

Qui se bat contre qui, et pourquoi, nous ne le savons pas, on tue, on coupe les mains à la machette, les tendons d'Achille, on les sectionne d'un coup, c'est comme dans les cauchemars, on ne peut plus marcher, on n'est plus sur la terre, on n'est plus ce que Dieu a fait de l'homme, ce lien entre ciel et terre, je vous le dis avec tristesse,

Monsieur,

avec résignation, on n'est plus que le serpent, que le rampant, avec toute la peur du monde coincée dans ce corps sans corps.

Pour un rien qui n'existe pas, seulement dans la tête, parce que tu es chrétien, ou parce que tu es musulman, parce que tu n'es ni chrétien ni musulman, parce que tu es animiste, parce que tu parles kikongo, ou parce que tu parles lingala. Ce que nous avons en grande quantité là bas,

Monsieur,

un gisement inépuisable, à ne plus savoir qu'en faire, ce sont les tueurs, les enfants fous, les infirmes, les affamés.

Ici, ma vie, à côté, c'est le Royaume! Je promène les gens du château quand ils en ont assez d'attendre le messager, celui qui ne dit jamais quel jour il va venir les enlever. Alors ils m'appellent, le jour, la nuit, j'arrive. Je fais défiler devant leurs yeux les paysages, au hasard, et eux, derrière la vitre de la voiture, confortablement installés, bien au chaud.

Parfois je les emmène jusqu'au bord de l'Océan. Ils ne sortent pas de la voiture, en général, ils n'ont pas besoin de marcher, ils ne le pourraient pas d'ailleurs, ils sont trop faibles. Sentir le monde avec leurs yeux seulement, cela leur suffit. Ils sont devenus de purs esprits, leurs regards se pénètrent de tout ce qu'ils voient, une dernière fois.

Pour ne pas oublier, et emporter ces images avec eux, le bruit du ressac, les odeurs de la mer, pour qu'il n'y ait plus que ça, dans leurs yeux lorsqu'ils vont s'en aller. Je les aide à traverser le pont, à lire le dernier chapitre, la dernière ligne.

Mais ce sont surtout les grand-mères, les vieilles princesses qui m'appellent. Les vieux messieurs, non, ils sont trop aigris, ils ne supportent plus de ne plus être des Monsieur le Directeur, des Monsieur le Président.

Un jour j'avais amené une de ces vieilles dames jusqu'en Bretagne. Elle est restée, dans son fauteuil au dessus des rochers, presque toute une matinée, enveloppée dans ses couvertures, à regarder l'océan, les vagues, sans un mot. J'attendais, assis sur le sable, à côté d'elle. Toute la matinée,

Monsieur,

elle, cette vieille princesse emmitouflée, et moi, chauffeur de taxi, nègre qui mangeait encore avec ses doigts il y a dix ans dans sa paillote.

C'est comme ça qu'elle avait dit une fois,

Monsieur,

paillote !

Voyez-vous, je veux dire que, à côté de cette vielle princesse qui bien que silencieuse, bruissait de tout l'argent qui lui appartenait et qui courait comme de petits animaux dans les banques du monde entier, moi le nègre, je ne devais plus avoir l'air d'être un être humain, car si elle, cette vieille princesse était un être humain, alors moi je ne pouvais pas en être un à ses yeux, c'était impossible ! Vous comprenez,

Monsieur,

il était impossible que nous soyons tous deux des êtres humains, elle, cette vieille princesse diamantée qui possédait autant de richesse que des millions de nègres réunis ensemble, et moi, un de ces nègres là, justement, qui ne possédait même pas la valeur de ses chaussures italiennes! Dieu a voulu que tous les hommes soient égaux, donc je n'étais pas un homme !

Alors, elle m'a dit, sans tourner la tête vers moi, elle ne pouvait plus faire tourner sa tête sur son cou, Dieu ne mettait plus assez d'huile, elle regardait l'Océan :

« Vous êtes le messager, n'est-ce pas ? Vous n'êtes pas un homme. Cela fait au moins trois heures que nous sommes là, assis dans le vent et vous, vous ne bougez pas, vous n'avez pas froid. Vous êtes le messager, n'est-ce pas ? Je savais qu'il était noir, d'ailleurs, c'est normal, noir, n'est-ce pas ? Alors il faut que je rentre au château ». Et nous avons pris la route du retour, en silence.

Elle est morte dans la nuit. Chez nous, dans la région du Kifu, on dit que la vérité sort toujours de la bouche des grand-mères. Parce que lorsqu'elles sont très vieilles, elles sont en réalité déjà passées de l'autre côté, elles font semblant d'être là, pour ne pas nous faire de peine, elles sont mortes, et la vérité, elles la disent, parce qu'elles la voient,

Monsieur,

vous comprenez ?

Aube

Au petit matin, à Paris, la lumière commence à liquéfier le noir, le bleu profond tâché de violet, et ce jaune poisseux qui bout à cause de l'éternel moteur des villes. La voiture, Sombo Kayalindo, et Schuman, arrivent dans les *beaux quartiers* au moment où les aiguilles de la montre de Sombo font un diamètre parfait, six heures pile. La main sur l'accoudoir de la portière, la fatigue dans son corps, Schuman, en effet, peut lire l'heure à la montre de Sombo parce que Sombo lui a fait passer une carte de visite, nom, numéros de téléphone, fixe et portable. Schuman, justement, désirait avoir le numéro de portable de Sombo, et Sombo avait devancé son désir.

A moins qu'il n'ait lu dans ma pensée.

Schuman ne s'intéresse pas à l'Afrique, cette partie noire du monde, pauvre, grouillante, odorante, intemporelle, où les grand-mères de Sombo font semblant d'être vivantes, et volent par dessus les frontières de la mort, leurs robes colorées flottant dans le ciel.

Aurore

L'Aurore est déjà là : Bentley, Porsche, Mercedes, Porsche. Dans la contre allée, parmi les odeurs que la pluie fait remonter de la terre.

Au premier étage de l'hôtel particulier, le hall, en marbre, ressemble à un Vermeer, carrés noirs et blancs au sol, un chevalet, quatre fauteuils droits du dix septième, et devant la double entrée vers le salon, une peinture de Boudin, toute en ciel. Le parquet du salon est fait de grands carrés brun-rouge, provenant du pont arrière d'un vaisseau du dix huitième. Au fond de ce salon, l'Aurore, au complet, attend.

Choubert, Kolnikov, Hoveyda, Gaspéri.

Gaspéri toujours habillée en cuir, cette fois ci c'est en rouge. Cheveux courts.

Hoveyda. Raide, impassible, froid, calculateur, glacial, autiste, telles sont quelques unes des amabilités qui ont circulé dans la presse à son sujet. Mais j'ai lu, aussi, des éloges concernant cette absence de sentiments qui lui permet de posséder toujours un coup d'avance. Comme cette façon d'abandonner aux autres l'idée qu'il vient de formuler, cette « générosité » lui permettant alors de se situer, déjà, beaucoup plus loin. Visage osseux, nez pincé, lunettes à monture noire.

Choubert, lui, frisé et gras, l'air bonhomme, mais le plus riche de tous, et Kolnikov, le sabreur.

Ils sont tous là, dans le salon quand Schuman y pénètre. Les quatre piliers de l'agence Aurore. Les quatre cavaliers. Et Clara.

Je suis tombée à ce moment de mon enquête sur un ouvrage de l'anthropologue Stuart Mills, qui, après avoir passé plusieurs semaines en compagnie d'une famille de mafieux de Chicago, puis rencontré des cadres dirigeants de banques d'affaire, décrit les différences des codes gestuels, vestimentaires, linguistiques, des membres de ces deux tribus, mais se demande pourquoi ces gens là, malgré ça, font chambre à part.

Bocote

Au milieu de ce cercle, Schuman déroule un récit qui ressemble en partie à ce que j'ai relaté : son passage à Fontainebleau, au château où sa mère attend la mort, et où il est arrivé vers une heure du matin.

Puis il met un temps d'arrêt.

Les signes sont presque imperceptibles, mais quand Schuman marque cette hésitation, l'œil de Clara s'assombrit, le dos de Tariq Hoveyda se raidit.

-En réalité, vers trois heures, trois heures et demi, j'étais dans une cabine en train de téléphoner, pour signaler un accident, vers Marne-la-Vallée. C'est seulement ensuite que je suis allé à Fontainebleau. Bon, et c'est le plus ennuyeux, je connais la personne qui se trouvait *dans* la voiture. Cette femme, c'est celle qui était assise en face de moi à l'émission, à côté de l'animateur. Je suivais sa voiture tranquillement, quand, subitement, elle a freiné. Je n'ai pas pu l'éviter.

Quand on relate un accident de la route, les mots utilisés sont toujours les mêmes. Face à l'irruption soudaine de ce fracas, ce bruit qui déclenche, ensuite, un moment de silence bizarre, le langage est assez pauvre. On ne sait pas quoi dire. C'est pourquoi, profitant du silence qui suit le choc des deux voitures, je vais vous faire visiter le salon, en égrainant les mots qui en décrivent le style, ainsi que les vêtements de ces six personnages :

Cuir d'agneau, acier brossé, or, terre cuite étrusque, Picasso, Matisse, Modigliani, Louis Vuiton, Baccarat, argent, Daum, cachemire, Gucci, platine, bois de rose, Rykiel, soie naturelle, Saint Laurent, crocodile, diamant, bois de bocote, Chanel.

Quand le fracas de l'accident s'éteint, Hoveyda dit :

-Il y a un fait important que tu n'as pas mentionné. Celui de nous avoir convoqués à une heure aussi matinale, de cette façon précipitée. Est-ce seulement pour un accident? Tu as dit que tu suivais cette femme, tu n'as pas dit pourquoi.

-J'y arrive. Après l'émission, j'ai invité cette femme dans la brasserie, le Zèbre, en face du studio. Dans cette brasserie il y a tous les gens de la télé, les journalistes, les invités habituels, etc, tout le monde y va, et donc tout le monde nous a vus ensemble. C'est ça le problème.

Dans un coin de la brasserie, il a, dit-il, poursuivi un moment la conversation commencée sur le plateau. Puis elle l'a invité chez elle. Il l'a suivie avec sa voiture, ignorant que c'était si loin, et vers où, donc, s'est produit cet accident stupide.

Je suis passée à la brasserie Le Zèbre, un soir d'été, et en effet, il y avait, parmi les clients, quelques journalistes et animateurs que j'avais vus, comme tout le monde, à la télévision.

Les quatre cavaliers

Je contemple les photographies des quatre cavaliers de l'Aurore, documents rares, car comme tous les manipulateurs du *story-telling*, les montreurs de marionnettes, ils se fondent dans le noir, leur pouvoir est dans l'ombre, et ils pourraient largement prétendre à l'inexistence. Ils font partie de la tribu des invisibles dont les seules traces repérables sont les mouvements des cours de leurs actions, ou leur classement dans le magazine Forbes.

Ils ont fondé ensemble cette entreprise, qui, sous l'apparence d'une agence de communication, autrement dit une agence de publicité, est un laboratoire à fabriquer la perpétuation de l'espèce capitaliste, un incubateur d'hommes politiques aptes à défendre leurs privilèges.

Choubert est le plus riche, et il est, comme sa Bentley couleur miel, assez gros (armement, presse, finances), Hoveyda est le plus intelligent, il est snob et froid (sociétés de conseils, maisons de production télé et cinéma), Kolnikov est le plus brutal, donc il est russe et balafré (accès internet, instituts de sondage, pub, tv, sites de rencontres) et Gaspéri est la plus féminine, donc les hommes et les femmes sont sensibles à son parfum (traitement des eaux, banque, cabinets d'avocats, cabinets de conseil).

Quant à Clara, la femme de Schuman, elle est habitée par l'amour. Elle ne voit que le charme de Schuman, et parce qu'elle partage, malgré tout, avec les autres êtres humains, cette vertu qui est de voir le monde selon son cœur, elle espère multiplier les effets de ce charme et en toucher les intérêts.

Complot

Comme Clara, les membres de l'Aurore ont misé sur Schuman. Ils pensent qu'il pourrait faire un bon Président, un Président selon leurs vœux. Ils l'ont un peu nettoyé, et ont ainsi fabriqué un homme présentable, puis vendu à leurs sociétés de sondage et à leurs médias qui l'ont acheté avec enthousiasme. Ils ont alors conquis une part importante du marché électoral des pauvres et de la classe moyenne.

Dans ce qu'il est légitime de nommer *le complot des riches contre les pauvres,* Schuman peut en effet, et en apparence, faire office d'arbitre, bien qu'il ne soit, en réalité, que le résultat de l'union provisoire de dominants d'intérêts divergents, agence de pub contre agence de pub, banque contre banque, vendeurs d'armes contre vendeurs d'armes.

D'un voyage à Londres, Eva m'avait envoyée un dessin que j'avais collé dans mon carnet. Elle joignait un mot à son mail : " This beautiful chinese ideogram means bank, place of many plots. Maybe it will be usefull for your book ?" En effet, je l'ai maintenant remarqué, il figure au fronton de la banque anglo-chinoise HSBC, la plus grande banque du monde, deux fois la valeur du produit intérieur brut français, et sous-marin de l'économie chinoise en Europe. Il ressemble à un Soulages, et à ce double titre, il doit enchanter Hoveyda.

Edelweis

Hoveyda fait rapidement et en silence le compte de ce que Schuman leur a déjà coûté. Et livre conclusion et stratégie, en deux phrases lapidaires :

1 : Nous t'avons sorti de l'histoire de la petite Edelweis, quand tu enseignais à Harvard.

2 : Nous allons procéder de la même façon, mais au sens propre du terme, cette fois-ci : t'exfiltrer.

Il fait allusion à une histoire vieille de quelques années qui s'était déroulée au Etats-Unis.

L'Aurore avait envoyé Schuman dans cet exil doré pour y donner des cours de géo-économie et de mathématiques financières, afin d'y acquérir, aux yeux des futurs électeurs français, le statut de spécialiste des mouvements du capital international. Et quoi de plus crédible qu'un titre de professeur attribué par une prestigieuse université américaine pour le marché électoral français, dont les membres, au delà de leur mince couche d'antiaméricanisme, admirent en réalité tout ce qui vient des Etats Unis, plus grands, plus forts, plus riches, plus hollywoodiens?

Edelweis Traoré était noire, née à Fort-de-France, soit à plus de six mille kilomètres de la capitale française ou deux mille euros (vol sec). Son père l'avait prénommée ainsi espérant que cela l'aiderait à circuler parmi les blancs.

Blaise Traoré était employé municipal. Pour trente huit heures de travail hebdomadaire il touchait, sous forme de monnaie, la valeur de un x, quand Schuman, pour six heures de cours par semaine, la valeur de dix x, à laquelle il fallait ajouter des conférences bi-mensuelles, ce qui ramené à l'échelle des trente huit heures hebdomadaires de Traoré correspondait à (environ) quatre vingt dix x. Traoré nettoyait les rues de Fort-de-France, arrosait et tondait le gazon des jardins publics, soignait les hibiscus et les orchidées, pour que des gens comme Schuman, lorsqu'ils y passaient un week-end, puissent se détendre et y être heureux.

C'est pourquoi on peut se demander si le travail de Traoré était quatre vingt dix fois moins utile que celui de Schuman, et c'est pourquoi, en envoyant sa fille étudier à Boston, il répondait à cette question à sa façon, espérant pour elle un destin meilleur que le sien.

Schuman pouvait apercevoir Edelweis lors de son cours magistral sur les mathématiques financières, où assistaient non seulement des étudiants, mais aussi des banquiers, des conseillers économiques, des militaires de haut rang, des hommes d'affaire, des retraités possédant encore de bons carnets d'adresses, des journalistes et des intellectuels de Manhattan.

Edelweis venait d'échouer à son master d'économie internationale, et sa bourse, une aide que l'Etat du New Jersey accordait à quelques étudiants étrangers, lui avait été retirée. Espérant jouer sur l'esprit de solidarité entre français expatriés (mais oubliant que pour des gens comme Schuman, Paris n'est qu'à une demi journée de New York), elle attendit la fin du cours, puis la fin du défilé de tous ceux qui venaient admirer Schuman de près, ou se faire admirer en pénétrant dans son cercle.

Elle était belle, ce que ne disait jamais son père, qui songeait aux conséquences dévastatrices que la beauté féminine produit dans le cœur des mâles. Sa mère était une métisse d'origine vietnamienne, et ce mélange avait produit cette fleur-là, qui malgré les prudences du père, était convaincue de sa beauté et du pouvoir qu'elle pourrait en tirer. Elle avait remarqué, du haut de l'amphithéâtre, le regard parfois égaré de Schuman, voyant, dans l'ombre qui passait furtivement sur son visage, des femmes traverser, nonchalamment, d'immenses champs de formules mathématiques.

Une fin d'après midi, quand tous les admirateurs furent enfin sortis, Edelweis s'approcha de Schuman. Lui, sur son estrade, derrière l'immense bureau, fermant son ordinateur portable, et elle, levant les yeux vers lui.

-J'admire vos cours, je me sens toujours plus intelligente après, mais je ne pourrai bientôt plus y assister, je n'en ai plus les moyens. Pourriez-vous m'aider ?

Elle était habillée en noir, bas, minijupe, col roulé, blouson, avec une petites note rose, celle de son foulard en coton.

-Pourriez-vous m'aider à trouver un job, sur le campus, ou ailleurs ?

Il l'embaucha pour mille deux cent dollars par mois à mi temps en tant que secrétaire et femme de chambre.

A partir de là, il se passa quelque chose, mais cette historiette ne traversa ni le campus ni l'Atlantique.

Contrairement aux choses, les mots s'ennuient. Etre toujours la même chose, les mots ne le supportent pas. Ils sont de la musique *avant toute chose,* ils dansent, ils ont en eux le souvenir du premier chant, du premier homme qui a chanté, et qui a donné naissance au langage. Le béton est le béton, le ciel est le ciel, la rue est la rue. Mais les mots sautent d'un sens à l'autre, le temps n'est pas toujours le temps, l'amour n'est pas toujours l'amour.

Et une femme de chambre n'est pas toujours une femme de chambre. En effet on peut dire femme de chambre comme on dit musique de chambre, et les hommes, comme Ulysse attaché à son mât, sont sensibles à la musique.

Edelweis était-elle naïve ? Rusée ? Aucune plainte n'avait été déposée, aucun média n'en avait parlé.

Et elle avait pu continuer ses études, passant de Harvard à Yale, s'offrant même un joli appartement de quatre vingt mètres carrés à TriBeCa.

Kobayashi

Dans un des bureaux les plus cossus de l'Agence Aurore, cuir, boiserie, tableaux de maîtres, Gaspéri et Hoveyda, debout, derrière la façade vitrée, regardaient sans les voir les fourmis qui s'agitaient en bas, dans le quartier de la Défense. Il y avait en fond sonore ce qui aurait été réellement de la musique s'ils l'avaient écoutée, mais ils étaient ailleurs, pris dans les glaces d'un silence qui semblait s'éterniser.

Puis Hoveyda sortit de son mutisme :

-Je pense à Hansen. Victor Hansen. Comment s'en est-il tiré avec tes japonais ?

-Plutôt bien. Ils ont été bluffés par le fait que nous nous attachions les services d'un écrivain dans les négociations, afin d'en écrire l'histoire. Même si c'est un faux écrivain, ce qu'ils ne savaient pas, évidemment. Ils ont demandé, pendant un pause s'il écrivait de la science fiction et, heureusement, il a tout de suite compris qu'il fallait répondre par l'affirmative. Les japonais adorent ça. Ou peut-être qu'ils parlaient de littérature fantastique. Enfin quelque chose comme ça, en tous les cas ils étaient ravis ! Oh, il est resté discret, derrière mes assistantes, mais Oshima, et surtout, Kobayachi, se sentaient, paradoxalement, glorifiés d'être couchés sur le papier par un écrivain. Ça n'a rien ôté à leur âpreté légendaire, mais, oui, ça a aidé, certainement. Je l'invite de temps en temps à la campagne, quand je reçois des clients que je dois traiter avec des égards particuliers. Il produit des effets parce que ce rôle de médiateur, d'adoucissant, comme l'a dit un jour en riant une de mes assistantes, n'est jamais joué comme tel, évidemment, et bien sûr ce n'est pas vu non plus comme tel par les clients, c'est là tout son talent. Mais pourquoi penses-tu à lui ? Quel rapport avec notre affaire ?

-Je vais te le dire, mais d'abord il faut l'appeler d'urgence. Il faut le convaincre, et très vite, que nous avons pour lui un rôle comme il n'en a jamais eu, et dont il n'a jamais osé rêver ! Appelle-le, dis-lui que nous lui envoyons un chauffeur, là, tout de suite, ce matin. Nous n'avons pas beaucoup de temps….

Carré blanc

« Le bruit peut être rouge, ou noir, mais le silence, lui, est toujours blanc. »

Cette pensée de Kasimir Malevitch était écrite sous son tableau le plus connu, son *Carré blanc sur fond blanc,* dans une exposition à Petrograd, la future Leningrad, au printemps 1918. Si je pense à ce tableau c'est parce que ce Carré-blanc vs Révolution vient de s'inscrire en moi comme la métaphore de la rencontre, la rencontre étant toujours explosive, c'est à dire créatrice ou destructrice. La rencontre amoureuse produit de l'amour, ou une chimère. La rencontre entre deux idées produit de la philosophie ou de la maladie mentale, celle entre deux réalités, de la poésie, du non sens, ou de la mort. Je pense à ça à cause de la métaphore du silence, et parce que maintenant où je découvre la rencontre entre la naïveté de Victor Hansen et le cynisme de Tariq Hoveyda, je me demande si l'explosif de ces rencontres va augmenter la beauté du monde, ou la diminuer.

Et malgré mes demandes, je n'ai jamais été invitée à entrer dans les bureaux de l'Agence Aurore ; je n'ai donc pu voir leurs « tableaux de Maîtres », je doute qu'il y ait un Malevitch, mais je sais que dans l'appartement de Tariq Hoveyda il y a un Soulages.

Les gens qui vivent dans le même monde qu'Hoveyda ont de la culture une vision seulement utilitaire, c'est à dire économique. Pour eux, la poésie, par exemple, dont la valeur commerciale est proche du zéro depuis des décennies, n'a pas d'existence. Qui aujourd'hui lit de la poésie ? Qui lit Patrice de la Tour du Pin ? Je n'en connais que quelques uns, dont Victor, car Laetitia, plus tard, trouva un recueil de ce poète « Les enfants de septembre » dans la maison d'Etaples.

Les légendes ont été inventées pour tenir chaud. Pour espérer que le monde ne soit pas limité à ce qui est connu, que la réalité soit plus que la réalité, les corps plus que les corps, et la mort moins que la mort.

« Les pays qui n'ont plus besoin de légende,
seront condamnés à mourir de froid. »
(Patrice de la Tour du Pin)

Hoveyda, parce qu'il est très riche, se moque de cette aisance à inventer des mondes, des religions, des métaphysiques, des cultures qui ne servent à rien, mais que les gens comme lui savent détourner à leur profit.

Travaillant, entre autres, dans le cinéma, comme on l'a vu, il sait qu'on peut se sentir ému par l'histoire pourtant fictive des personnages qu'on vient de côtoyer dans la pénombre pendant un peu moins de deux heures. Et que la seule question philosophique intéressante est peut-être celle ci : pourquoi les gens pleurent-ils en sortant du cinéma ?

Hoveyda y répond à sa manière : tant que les gens persisteront à être émus face à des personnages qu'ils prennent pour des personnes, nous pourrons continuer à tirer profit de la domination.

Les films et les romans cherchent à flatter les hommes dans leur besoin de croire, parce que les hommes ont envie de croire que tout est récit, qu'il y a un sens à la vie. L'Histoire même est une histoire, et l'homme est heureux d'écouter ces histoires, comme il l'a été enfant, assis au bord du lit, quand la nuit approchait.

Je connais Hoveyda assez bien (les articles de presse ne manquent pas) pour affirmer qu'il avait tout ça en tête, cette facilité des hommes à être si facilement dupés par l'imaginaire, à accueillir un imaginaire qui devient réel à son tour, plus réel que le réel, et à contrario à transformer des êtres réels en légende, comme on invente de fausses biographies pour les agents doubles, quand il fit entrer Victor dans son appartement.

Il pense que le réel est trop complexe, trop retors, pour tenter de le faire fléchir, et que le mieux est d'en inventer un de toutes pièces, d'en acheter un.

Victor connaissait Gaspéri et Hoveyda, pour avoir travaillé avec eux. Il savait que certains hommes politiques étaient proches de ces gens là, et que parmi les clients de l'Agence Aurore, ils en étaient les plus clinquants. Il n'en pensait rien de particulièrement original. Il n'était pas de ce cercle là. Il en avait croisé quelques uns, lui semblait-il, quand Gaspéri le rétribuait pour passer un week-end dans sa maison de campagne, un presque château à vrai dire, afin d'y jouer un de ces rôles pacificateurs qu'elle croyait indispensable, mais il n'avait fait qu'y rôder aux alentours, comme au bord d'un marigot convoité par des espèces beaucoup plus brutales que lui.

Il vivait dans un autre univers, en compagnie des poètes, des personnages qu'on lui demandait de bien vouloir jouer ici ou là, et de Martin avec qui il échangeait des impressions en se promenant dans les dunes vers Houdekerke, ou, si le vent était trop fort et la pluie trop cinglante, en discutant autour d'un bock, bien au chaud sur une banquette en cuir dans la brasserie du Houblon d'Amour, à Berk-sur-Mer.

Vanités

Bureau de l'appartement de Tariq Hoveyda : environ cent vingt mètres carrés. Murs blanc laqué, lampes rouges Artemide. Une toile de Soulages, noire naturellement, quatre sur trois. Une autre de Combas, une femme dans une sorte d'acier bleu derrière une coulée de rouge, ces deux toiles résumant la personnalité du propriétaire, l'efficacité dans l'épure, et la violence maîtrisée.

Chaîne B&O, bureau en acier et verre, Apple blanc, fauteuil pdg et deux fauteuils Mozoo, rouges.

Hoveyda porte un costume noir à fines rayures, qui tombe impeccablement, une chemise bleu pâle, pas de cravate. Chaussures noires, Heinz & Bauer. Son âge? Né en soixante dix huit, le 5 avril. Donc quarante et un. Cheveux noirs, avec un peu de gel. Victor : même âge, à peu près.

Hoveyda vient d'une vieille famille chrétienne libanaise, il aime tirer ses conclusions de l'Ecclésiaste.

Si tout est vanité, autant réduire à rien ce qui n'est déjà pas grand-chose puisqu'il le regarde de très haut.

Il est courtois, et assez riche pour savoir que pour s'attacher les hommes, l'argent suffit ; l'homme ne vaut que par ce qu'il possède ou ne possède pas.

-Vous êtes marié ?

-Non.

-Une amie ?

-Non.

-Des amis ?

-Non. Juste un frère.

-Ecoutez, il serait bon que pendant un temps, vous ne le voyez plus, car il nous faudra beaucoup de discrétion. C'est possible ? Gaspéri vous l'a dit, ce rôle est exceptionnel, et très bien payé. Vous n'avez pas trop mal réussi vos comédies, pour nous, moi, Gaspéri, mais c'était épisodique et puis vous ne roulez pas sur l'or. Cette fois-ci c'est différent. Comme ce rôle est celui d'un homme riche et puissant, vous le serez vraiment, avec tous les attributs, tous les privilèges qui vont avec : chauffeur, hôtel quatre étoiles, etc., suppléments qui seront bien sûr à notre charge, en plus des trois cent mille euros comme Gaspéri vous l'a dit. Ce contrat est prévu pour six mois, d'abord. Après on verra. En outre nous nous verrons, ici, une fois par semaine, le matin, chaque dimanche, pour faire le point.

-Que dois-je faire ?

-Vous serez la doublure de cet homme, dont je ne peux évidemment pas vous révéler le nom. Un homme d'affaire connu, et que vous remplacez, sous votre propre nom. Je vous rassure, il n'y a aucun danger. Vous dormirez à l'hôtel, tous les soirs, tranquillement.

Voici le contrat. Prenez le temps d'en prendre connaissance.

Trois pages. Victor fait semblant de les lire.

-Il faut que je devienne cet homme d'affaire, mais je ne sais pas si j'en suis capable. C'est quand même assez loin de moi. Vous le savez bien.

-C'est ce que font les acteurs, en général ! Mais on ne peut pas demander à un comédien professionnel de jouer ce rôle, évidemment. Je vous connais et je pense que vous serez parfaitement à l'aise. Je ne sais pas, tenez, pensez le contraire de ce qu'est un homme d'affaire. Par exemple, pensez à un troupeau de porcs, ce bétail qui constitue quatre vingt pour cent de l'humanité, toutes ces bêtes qui ne font pas le moindre effort pour se demander ce qu'ils font là, qui attendent que nous leurs jetions nos miettes, et qui gaspillent ce bel outil, ce cerveau qu'on a dû leur fournir par erreur à la caisse, et dont ils ne savent que faire. Voilà. Vous pensez à ce troupeau, et vous n'avez qu'une envie, vous en écarter. Le chauffeur, la limousine, l'hôtel chic, ce ne sera pas si difficile…

Comme je n'ai aucune sympathie pour les religions, qui sont de fabuleuses escroqueries, des fausses nouvelles, de fausses bonnes nouvelles ! de la propagande pure et simple, le résultat d'un complot qui a réussi, et donc comme je n'en ai aucune pour l'Islam, je note que si cette religion méprise les porcs, et si Hoveyda qui est musulman et pour qui je n'ai pas de sympathie non plus, les méprise aussi, je me demande si, dans le porc, ce ne serait pas la ressemblance qui leur ferait peur.

Amochée

-Bon. Scotch ou jus d'orange ?

-Scotch. Un doigt. Je ne bois jamais d'alcool, mais un doigt, exceptionnellement…

Absence momentanée d'Hoveyda. Il revient, un verre de whisky dans une main (couleur d'ambre), et dans l'autre un jus d'orange (couleur orange).

-Cet homme d'affaire a eu un accident. Quelque chose d'assez embêtant. Un accident de la route. La personne, une femme, qui était dans l'autre voiture est assez amochée. Il y aura un procès. Vous allez endosser cet accident. Vous aurez de la prison avec sursis, puisque vous n'avez aucun antécédent.

-Vous êtes bien renseigné.

-Vous êtes très occupé, vous dirigez plusieurs sociétés, avec des actionnaires puissants qui ne permettraient pas le moindre incident. Vous aviez bu le jour de l'accident, et comme parmi les actionnaires il y a un gros exportateur d'alcools, on ne peut tolérer la plus petite erreur, il faut éviter que les actions dégringolent, suite à une campagne de presse téléguidée par des concurrents. Nos meilleurs avocats y mettront tous leurs talents, bien sûr.

Pluie

Dès le soir de ce même jour, un avocat du cabinet de Gaspéri, accompagné de Victor, se présente à la gendarmerie.

Vaste façade en ciment blanc. Et en bleu : Gendarmerie Nationale. Feuilles mortes sur le trottoir, brillant dans la lumière du jour qui décline. Platanes. L'avocat est grand, jeune, un peu voûté.

-Notre cabinet a téléphoné au sujet de l'accident qui s'est produit cette nuit, sur la départementale vingt et un. Mon client, Victor Hansen, tient à faire une déclaration à ce sujet.

Derrière le comptoir, des affiches, au mur, punaisées, engagez vous, gendarmerie nationale, hommes, femmes, le pull bleu marine avec la bande blanche sur la poitrine et sur le haut des bras, sur un fond de ciel bleu.

Le gendarme se lève, frappe à une porte du couloir, derrière lui. Il porte le même pull que celui des affiches, bleu marine avec la bande blanche sur la poitrine et le haut des bras.

-L'avocat qui a appelé tout à l'heure est arrivé.

Puis :

-Vous pouvez entrer. Le capitaine va vous recevoir.

Le capitaine leur désigne les chaises, devant eux. Même pull bleu marine avec cette bande blanche sur la poitrine. Asseyez-vous. Nous venons pour. Oui je sais je suis au courant.

-Mon client tient à faire une déposition.

-Je suis responsable de cet accident, en effet. Je ne comprends pas ce qui s'est passé. La voiture devant moi a dû freiner brusquement au carrefour, il pleuvait très fort, je devais rouler trop vite.

-Vous aviez bu ?

-Eh bien, je…

-Cela a dû se produire vers quatre heures du matin. Nous pouvons encore faire une prise de sang, même si le taux d'alcool a fortement diminué. Je conseillerai à votre client de dire la vérité. Vous le savez aussi bien que moi, dire spontanément la vérité, même dans ce cas là, est toujours porté au crédit de l'accusé.

-Oui, j'avais bu. Je sortais d'un repas d'affaire. J'en suis parti vers deux heures du matin.

-Bien. Nous allons enregistrer cette déposition. Vous avez tout ce qu'il faut, pièce d'identité, permis de conduire, etc ?

-Oui, naturellement.

-Le permis va vous être retiré immédiatement, cela va sans dire. Mais le plus important dans cette affaire, c'est la non-assistance à personne en danger.

-Mon client a téléphoné presque immédiatement pour signaler l'accident.

-En effet, quelqu'un a téléphoné. Sans décliner son identité, cependant.

-L'aveu que nous exprimons aujourd'hui prouve que mon client, je veux dire lui seul, ait pu téléphoner.

-Pourquoi n'est-il pas resté sur place ?

-La peur, la panique, que sais-je ?

-La cabine se trouve à plus de trente kilomètres du lieu de l'accident. Vous n'aviez pas de portable ? Un homme d'affaire ? Quand tout le monde, y compris les enfants, en possède un?

-Je n'avais plus de batterie, j'ai cherché une cabine, et c'était la première que j'apercevais.

-Hum. Bon, eu égard à ce qui s'apparente à une non-assistance à personne en danger, à la consommation d'alcool, et à votre aveu, euh, tardif, je suis contraint de transmettre le dossier à la justice. Pour notre part, une fois votre déposition enregistrée, vous serez libre.

Gaspéri et Hoveyda informent Victor de tous les détails de cette nuit, comment l'accident s'était produit, à tel endroit, telle heure, comment lui, Victor, a passé un coup de fil, et pourquoi il a fuit, abandonnant la victime, sous la pluie, dans un cercueil de métal, contre un mur.

Ils cherchent ensuite sur le net, les photographies du carrefour et l'ont trouvé sur le site d'une association contre la violence routière. Puis le numéro exact des routes sur les cartes, et la cabine téléphonique de Charenton, dont ils ont vu la photo sur le site de la municipalité.

-C'est là, dit Gaspéri. Vous voyez, le mur est juste en face de la route. Imprégnez-vous bien de tout ça, surtout de cette ruine là. Nous n'avons pas le temps d'aller traîner dans ces parages, mais tout à l'heure lorsque notre avocat vous conduira, il fera le trajet que vous êtes censé avoir fait.

Enfin, ils font subir à Victor une répétition générale de la scène qu'il allait devoir vivre dans la gendarmerie, ce qu'il devrait dire, comment devrait-il se comporter. Gaspéri s'absentant un moment, s'enfermant dans une autre pièce et téléphonant, revenant avec des précisions, sur les lieux et sur l'heure.

La scène retranscrite au paragraphe précédent est celle qu'ils ont répétée, non celle qui s'est réellement déroulée dans la gendarmerie. Le savoir faire des avocats, et des professionnels du droit est tel, en général, que depuis la matrice de la loi, on peut déduire, avec certes une marge d'erreur, une partie de la réalité possible.

Duberger, dont Gaspéri a été l'élève rue d'Assas, où elle a passé son doctorat en droit avant d'entrer dans une école de commerce, rappelait souvent que l'histoire du droit et l'histoire des religions étaient étroitement enchevêtrées. Il soulignait comment les juifs attribuaient une origine divine à leurs lois que nous appliquons toujours en partie, disait-il, et que Jupiter, le dieu des dieux des romains, ce peuple de législateurs, était une contraction de Juris Pater, le Père du Droit. Il ne disait pas que Dieu et la loi étaient une même chose, évidemment non, c'était un juriste, mais il poussait à ce qu'on se demande pourquoi juifs et romains, eux, en étaient persuadés. Un des cours de Duberger était d'ailleurs intitulé « La loi comme mathématique du monde ».

Dans les rues étroites du vieux Sète, j'ai photographié un graffiti, un simple mot « ANARCHIA », en passant à Duberger. Voici ce que j'avais noté dans mon carnet : « Aujourd'hui où l'idée de Dieu a fait définitivement naufrage, je me demande si le professeur Duberger ne reverrait pas sa copie ; car de quelles lois, en sus de celles produites par les institutions, sommes nous aussi tributaires, sinon celles de la séduction du système marchand ? Il me semble que cet appel à l'anarchie, graffité dans ces ruelles où tout est à vendre, est une réponse à cela. »

L'Agence Aurore a choisi pour Victor un hôtel quatre étoiles rue de l'Arcade dans le septième, près de l'Eglise de la Madeleine. Salons discrets, lumineux, fauteuils et canapés en cuir ivoire, sols en marbre rosé, murs recouverts d'un enduit dont la couleur claire et l'aspect mat doivent évoquer le touché d'un pianiste.

-Pensez à Wladimir Horowitz dans les Kreisleriana de Schumann, avait conseillé l'architecte d'intérieur. Il venait souvent ici, m'avez-vous dit, avant que vous rachetiez cet hôtel. Pensez au silence qu'il advient après cette musique, c'est ce silence que vos clients auront le plaisir de savourer.

Qui sont américains, africains, chinois, japonais, allemands, anglais, russes, servis par un personnel pléthorique, jeunes femmes en tailleur gris et chemisier blanc, garçons en costume noir et gel dans les cheveux, et qui le saluent avec déférence, lui Victor qui peut acheter ce calme, cette élégance, cette indifférence polie, signe de la vraie richesse.

Lui qui a lutté pour conserver Martin en vie, le sortir dans le monde, lui donner une biographie que le destin lui a refusé, il se sent un peu récompensé.

Une nuit, il rêve qu'il est un homme-cerf-volant, vêtu d'un costume de lin, flottant doucement dans le bleu, dans la poudre des vents. Quelqu'un, en bas, tient le fil, marche le long du rivage, dans le soleil, au bord de la ligne bleue, de l'écume, au bord du vent, tête basse. Vu d'en haut, il n'est qu'un petit homme frêle sur la ligne du sable et de la mer, mais Victor reconnaît le visage mince, légèrement olivâtre, les cheveux noirs, deux doigts se pinçant le haut de l'arrête du nez, remontant ses lunettes, Hoveyda, tel qu'en lui-même.

Ce rêve lui revient en mémoire, un matin, buvant un campari, dans un des salons de l'hôtel. Face à lui, à l'intérieur du cadre d'un tableau, le bleu, le blanc, le jaune paille et le beige, couleurs qui s'accordent si bien avec l'image que l'hôtel se donne de lui même, compo--sent une plage du nord de l'Europe, de la Baltique, ou une plage de la mer du Nord, où il est souvent allé, enfant, avec Martin et ses parents.

Dans ce tableau, il voit son rêve, et son passé. Il pense que Tariq Hoveyda est seulement un symbole, celui de son frère Martin, ignorant que les rêves étaient jadis pris pour des prophéties, où la conscience étant en sommeil, les rêves traversent les rivières du temps.

Comme le dit Herta Hastings, que Victor, pourtant amateur de poésie, n'a pas lue :

Rêver te dit
qui tu seras
car qui tu étais
poursuit ce que tu es.

Il quitte l'hôtel pour aller au restaurant, au cinéma, dans des librairies, car il lui a été recommandé de ne pas attirer l'attention en demeurant sans activité, mais, plutôt, de jouer à l'homme sollicité par de nombreux rendez-vous. Se faire conduire, avoir un chauffeur, cela l'amuse, le gonfle d'un orgueil enfantin, comme dans son rêve, lorsqu'il flottait dans l'azur, gonflé à l'hélium.

Pendant tous les dimanches de novembre et de décembre, le chauffeur l'amène à la messe, c'est à dire chez Hoveyda. Mais pendant ces deux mois là il ne se passe rien. Les rencontres ne durent pas. Hoveyda a l'art du bref, un verre de jus d'orange pour lui, un doigt de Talisker pour Victor.

Il songe à la qualité de ce rôle, qui lui demande si peu d'effort. Il a acheté les œuvres poétiques complètes de Desnos, en Pléiade, et sur le net, tous les livres épuisé de Marcel Thiry. Et une série de nœuds papillon, car Martin, sur la fameuse photographie, porte un nœud papillon tout ce qu'il y a de plus enfantin, de plus endimanché.

-Ca te va très bien, lui dit Martin, ça égaille ton visage.

En janvier, Hoveyda lui apprend qu'il vient de louer un ensemble de bureaux, à dix minutes de l'hôtel. Victor doit y passer quelques après midi par semaine, faire semblant de travailler, parce que la partie adverse a commencé à enquêter sur lui, et qu'il devient nécessaire, maintenant, d'incarner vraiment le rôle, d'y mettre un peu de chair.

-Nous avons scellé une plaque au nom de HH, Hansen Holding, une holding de sociétés de production cinématographique. La ligne téléphonique tombe directement chez mon assistante personnelle. J'ai détaché trois secrétaires d'une maison de production, une vraie celle là. Depuis fin décembre, tout le monde est en place. Il y a aussi un garde du corps, il a vu vos photos, il vous reconnaîtra. Quant aux secrétaires, elles seront à l'étage au dessus, vous n'aurez pas à vous en soucier, et d'ailleurs elles travailleront vraiment.

Hiroshima

En avril, l'air coule comme de la soie entre les arbres où dansent les jaunes, les verts et les bleus, dans le parc près de l'Hôtel. Victor s'apprête à sortir, pour aller voir *Hiroshima mon amour* dans une version tout juste restaurée, quand son portable sonne.

-Je n'ai pas de bonnes nouvelles, Monsieur Hansen. L'avocat de la partie adverse menace de porter l'affaire au pénal et là nous risquons gros. Au moins cinq ans. Avec un sursis partiel, et encore, si vous n'avez pas eu de condamnations précédentes. Les tribunaux sont de plus en plus sévères avec ce genre de délit, et la conduite en état d'ivresse, avec blessures graves sur tierce personne, est maintenant durement réprimée. Avez-vous déjà fait l'objet d'un acte de justice ?

-Mais non, vous le savez bien. Et il n'a jamais été question de ça ! Hoveyda ne m'a jamais parlé de ce risque là, la prison. Sinon, je n'aurais jamais accepté !

-Je ne comprends pas de quoi vous parlez. Question de quoi ? Qui est Hoveyda ?

-Gaspéri, si vous préférez.

-Ah !

-Vous savez qui je suis, réellement ?

-Que voulez-vous dire ? La justice est la même pour tous, Monsieur Hansen. Elle considère les justiciables non dans ce qu'ils sont, mais dans ce qu'ils font.

-Je crois que nous ne parlons pas du tout de la même chose….

Il raccroche.

Tout est lourd, ses chaussures, ses jambes, son corps, ce poids derrière la nuque, dans les épaules, dans l'estomac.

Qu'est-ce que c'est que cet avocat ? Il n'est même pas au courant de ce qui est le plus important ! Si je vais en prison, je vais être obligé de dire que vous avez livré à la justice un faux personnage, moi en l'occurrence, mais j'ai bien peur, alors, de vous entraîner dans ma chute, ne croyez vous pas ?

Il se regarde dans le miroir comme s'il était face à Hoveyda, comme si les gestes allaient lui permettre de trouver les mots les plus justes, les plus tranchants.

Je ne suis plus dans un récital de poésie, je ne suis plus en train de jouer le rôle de l'éternel fiancé, mais celui de ma vie, peut-être de ma mort.

Hoveyda lui avait dit : vous devez oublier qui vous êtes. Un bon acteur joue sa partition, fait entendre les mots de l'auteur avec son corps, il doit devenir le corps de l'autre. Mais là, endurer ce que le corps de l'autre devrait endurer, la prison, la peur, l'extrême solitude, non, ça il ne le peut pas.

Il ouvre le petit frigo, prend une bouteille d'eau. Il a mal à la tête. Il est épuisé. Il se croit déjà en prison.

Baby John

Il a dû dormir, il fait sombre. Il sort, il n'a pas envie de voir le chauffeur, il prend le métro. Il erre un moment, traverse la rue Monge, où il n'habite plus depuis longtemps. Il a encore mal à la tête. Il essaie de parler à Martin. Mais Martin ne répond pas.

Il passe devant le Bateau Ivre.

Une vingtaine d'années auparavant, il y était entré avec Frédérique. Ils avaient étalé sur la nappe en vichy les pièces et les billets qu'ils possédaient à eux deux, calculant ce qu'ils pouvaient s'offrir à manger, pour en déduire aussitôt qu'ils ne pouvaient commander qu'un seul repas pour deux. Un couple était assis à côté.

L'homme les avait vus compter les pièces et les billets sur la nappe à carreaux rouges et blancs. Il s'était penché vers eux, je vous invite, allez, prenez tout ce que voulez, une côte de bœuf, elles sont délicieuses ici, du vin, ne vous gênez pas, j'ai connu ça, moi aussi.

Ils avaient passé toute la soirée à écouter cet homme qui se disait producteur de cinéma, Resnais, il avait commencé avec lui, avec *Hiroshima mon amour*, puis Chabrol, Truffaut, Duras, il semblait bien les connaître.

En sortant du restaurant, saouls de paroles et de vin, ils furent saisis par le froid de la nuit, et d'un rire qu'ils n'arrivaient plus à contenir.

-Tu crois que c'était vraiment un producteur ?

-Je n'en sais rien ! C'était peut-être un mythomane qui avait besoin de séduire la femme qui était avec lui…

Victor n'a jamais repensé, depuis, à cette anecdote, parce que lui et Frédérique s'étaient disputés le lendemain. Plus rien n'allait entre eux depuis quelque temps, on en était à la fin de l'histoire dont j'ai déjà parlé, et ce repas flamboyant fut une sorte d'adieu. Ils se sont quittés et ne se sont, depuis, plus jamais revus.

Cet homme était-il producteur de cinéma ? Et lui, Victor, un homme d'affaire coupable d'un grave accident, un délit, même, et menacé de prison ?

Un peu plus bas, place Mouffetard, il tombe sur un attroupement de rockers avec des blousons et des gilets à franges, et un attroupement de Harley. Il en comprend la raison quand il voit l'affiche éclairée par des spots au fronton de la boîte de nuit : Concours de sosies.

Un léger vertige l'envahit. Moi qui joue à être quelqu'un que je ne connais pas, je me trouve au milieu de ceux qui jouent à être des gens que tout le monde connaît.

Il s'avance vers l'entrée. Un homme, large d'épaule et beaucoup plus grand que lui, l'arrête.

-Vous êtes le sosie de qui ?

-Si vous me le demandez, c'est que je ne suis le sosie de personne, ne croyez-vous pas ?

-Alors c'est vingt euros.

A l'intérieur, au bas d'une vingtaine de marches, dans une cave bruyante, au milieu d'un public entassé sur une piste de danse, il y a beaucoup de Johnny, au moins deux Eddy, et il croit voir une Marylin. Ceux qui portent un numéro épinglé à l'épaule sont des sosies, et une fille sur la scène, appelle au micro les numéros dans l'ordre.

Numéro cinq. Un Johnny, justement. Malgré son accent marseillais il est applaudi et sifflé, c'est un concours de sosies et non un concours d'imitation, quoique la frontière entre les deux semble bien mince. Victor repère aussi sur la piste un Tom Cruise entouré de groupies, un Jack Lang un peu seul, et deux Dick Rivers qui discutent entre eux. L'un porte le numéro dix et il est appelé sur scène.

Il chante *Rock around the clock,* d'Elvis Presley, mais que Dick a chanté lui aussi. Il a la voix, le déhanchement, le swing, la banane, les franges sur le blouson en daim. Toute la salle est sous le charme, tout le monde est excité, danse, hurle, siffle, applaudit. Alors Dick chante un autre air, très connu, *Baby John.*

C'est pas sérieux mon amour mon amour
de s'embrasser comme ça
dans la rue n'importe où
avec ces yeux trop curieux tout en joie
allez viens donc chez moi oui chez moi

On dirait que c'est Dick lui même. C'est peut-être lui d'ailleurs, car Victor entend l'autre Dick Rivers déclarer à une amie :

-Je ne peux pas lutter contre le vrai !

-Mais ce n'est pas le vrai !

-Si. Je vais te dire pourquoi. Tu as vu mes bottes ?

-Oui, des santiag. Et alors ?

-Le vrai Dick Rivers ne porte pas de vulgaires santiag fabriqués en Indonésie, mais de vraies bottes américaines, fabriquées à Memphis, Tennessee. Et lui il porte ces bottes là !

Soudain Victor sent qu'on lui tapote l'épaule. Il se retourne. Une femme avec un numéro sur son corsage et qui doit être le sosie d'une chanteuse ou d'une actrice, mais qu'il n'arrive pas à situer, s'excuse en riant.

-Je vous ai pris pour quelqu'un d'autre. Vous avez la même veste que, lui, là bas, vous voyez ?

Elle fait signe à un homme, à quelques mètres d'eux, qui les rejoint. Ils s'embrassent sur les joues, puis l'homme se tourne vers Victor.

-On se connaît ?

Victor le regarde. Il ressemble à quelqu'un mais ne voit pas à qui.

-Non, je ne crois pas. Je ne vois pas.

-Excusez-moi, j'ai dû confondre...

-Vous êtes un sosie également? Je vois que vous avez un numéro. Je suis désolé, je ne vois pas de qui vous êtes le sosie, mais c'est parce que, vous savez, je ne vis pas vraiment dans l'actualité, ou pas très souvent.

-Schuman. Je suis le sosie de Schuman.

-Le musicien ? Enfin je veux dire le compositeur ?

Victor se demande comment on pourrait être le sosie de quelqu'un dont si peu de gens connaissent la musique et à encore moins le visage.

-Mais non ! L'homme politique ! Celui qu'on voit sur tous les plateaux télé ! Et vous ? Vous êtes le sosie de quelqu'un ?

-Non, de personne.

Judas

Dans la chambre d'hôtel, il y a du monde :

-Victor, dormant dans son lit.

-Des inconnus qui le regardent de haut.

-Judas, assis dans un coin de la chambre, jambes sur les bras du fauteuil, col de chemise entrouvert, lunettes à monture noire, un verre de jus d'orange à la main.

Victor se réveille, se redresse d'un seul coup. Il a l'impression qu'on lui a enfoncé un pic à glace dans le crâne. Quatre heures. Il se souvient de cette femme qui, dans son imitation, n'avait pas eu plus de succès que lui quand il avait tenté de la séduire, et c'est pourquoi pour une fois il avait bu, et trop bu.

Assis sur le bord du lit, il revoit ce conteur, rencontré dans un festival de slam, qui s'était spécialisé, dans les textes tronqués, soit parce qu'on les avait découverts ainsi, les manuscrits enterrés d'Auschwitz par exemple, soit volontairement lacérés, comme les cut-up. Ces voix discontinues le fascinaient parce qu'elles étaient un support parfait pour le rythme, et que le sens des choses disparaissait soudain devant vous comme une cage d'ascenseur s'ouvrant sur le vide. Ce conteur avait aussi slamé la lecture des manuscrits trouvés en Palestine et en Egypte, comme l'Evangile de Judas. Où il manquait des mots, et que des archéologues tentaient de reconstituer.

Cette femme qui était le sosie d'il ne savait qui, qu'avait-elle dit, exactement ?

-Je vous ai pris pour quelqu'un d'autre.

Et cet homme, lui, qu'avait-il dit ?

-Je suis le sosie de Schuman.

Sur ces fragments trouvés dans des jarres, il était difficile de reconstituer les bonnes phrases, mais là, en les collant l'une à l'autre, il entendait cette femme dire :

-Je vous ai pris pour le sosie de Schuman.

Non pour Schuman évidemment, il ne lui ressemble en rien. C'est cette bizarrerie qui l'a sans doute réveillé.

Prophète

Chez Hoveyda, il récite, à quelques mots près, ce qu'il a confié à son miroir, dans sa chambre d'hôtel. Et il ajoute :

-J'ai des choses encore bien plus importantes à vous dire, savez vous ? Malgré votre pouvoir, je crains qu'il vous soit difficile de tout prévoir. D'abord, il est impératif de changer d'avocat. Je fais appel à votre bon sens, à la juste appréciation des risques que vous encourez, vous aussi, voyez-vous. Cette femme a perdu ses jambes, et cet avocat lui a proposé cinq cent mille euros. Cinq cent mille euros pour une vie détruite, je trouve naturel que son avocat nous tire dessus à boulets rouges, non ?

Hoveyda l'écoute, immobile. Sous la toile de Combas.

-Continuez.

-Je pense que j'en ai terminé. Juste peut-être une chose encore : le hasard a des oreilles. Une phrase qui m'est venue une nuit, et qui doit bien avoir un sens.

-Vous parlez comme un prophète…

-Non, je n'essaie pas de deviner l'avenir. Seulement le présent, ce qui est tout aussi difficile. Votre client, je veux dire le vrai, n'est peut-être pas l'homme d'affaire que vous prétendez représenter, mais je pense qu'il a suffisamment de moyens pour proposer une indemnité plus conséquente. Afin de désamorcer cette bombe, qui risque d'exploser dans mes mains, certes, mais aussi dans les vôtres, et dans les siennes, ne pensez-vous pas?

-Je vais appeler Gaspéri.

Troc

Au dessus de la Seine, dans une boucle où le fleuve coule avec nonchalance, charriant du jaune et du brun, dans une profusion d'arbres, une ancienne verrerie industrielle abrite le cabinet d'avocat de Gaspéri.

Immense pièce voûtée, comme une salle conventuelle, pierre et bois, merisier, cèdre rouge, mélèze, laiton et cuivre, hautes fenêtres serties dans l'acier.

Gaspéri et une autre femme sont assises devant une grande table en noyer.

Chandler, tout en gestes vifs, en collier et bracelet en or, habillée dans un costume d'homme, et que Gaspéri semble couver, a étalé devant elle ses dossiers, son agenda relié plein cuir rouge, sur lequel est posé un stylo en laque noire, son ipod et son ordinateur portable.

-Je suis la supervisor de votre avocat, au cabinet, je connais bien le dossier. A mon avis, en effet, la seule façon de désamorcer les choses serait de se montrer un peu plus généreux.

-Cette femme a perdu ses deux jambes, elle ne peut que concevoir du ressentiment à mon égard, non? Vous ne pensez pas ?

-Vous pouvez parler librement. Chandler est au courant.

-Très bien. Alors nous devons effectuer un échange. Revenir à cette époque lointaine où le troc était un signe de paix. Au Québec, par exemple, lorsque les hurons faisaient du commerce avec les iroquois, et naturellement c'était avant que nous débarquions là bas, nous, enfin nos ancêtres, mais, n'est-ce pas, nous sommes responsables de ceux qui nous ont précédés, nous avons bousculé tout ça sans trop de ménagement, et donc, pour en revenir à nos sauvages, le huron échangeait avec cet iroquois une peau de castor contre un arc, par exemple. Mais à la deuxième rencontre, s'il avait besoin d'un nouvel arc, il proposait deux peaux de castor. Au troisième échange, l'iroquois offrait, lui, à son tour, un arc supplémentaire. Et ainsi de suite. Alors la paix était scellée pour un long moment. Faire du commerce c'était faire la paix. On honorait celui avec lequel on établissait cet échange, contrairement à aujourd'hui, n'est-ce pas, où acheter et vendre, c'est faire la guerre, aller le plus loin possible dans l'humiliation de l'autre, et s'arrêter juste avant que ça casse. Pensez-vous que nous pourrions, en dehors des tribunaux, entamer avec eux une conversation à l'amiable, faire usage de ce troc égalitaire, et éviter, ainsi la guerre, dont nous risquerions fort de sortir vaincus ?

-Il n'y a guère d'autre solution, en effet.

-Bien. Votre vrai client a échangé avec moi une somme contre une part de ma vie. Mais cette vente, n'est-ce pas, s'avère, en fin de compte sous-évaluée, puisque cette part de ma vie est, en définitive, trop grande, elle équivaut à deux années de prison, peut-être trois. Ne vous inquiétez pas, je ne suis pas en train de vous informer que mes exigences financières sont à la hausse. Non, non. Je suis un huron, voyez vous. La somme liée à cette part de ma vie, cette part que j'ai vendue, je ne demande pas qu'elle change. Par contre, votre client me procure une nouvelle somme, qui reste à déterminer, et que je transmets à l'avocat de cette femme, c'est une écrivaine, vous le saviez ?

-Oui, vaguement.

-Elle n'est pas très connue, mais cela ne prouve pas son absence de qualité, vous savez, il y a tant de très bons poètes qui restent inconnus, comme Marcel

Thiry, par exemple, je suis sûr que vous ne le connaissez pas, n'est-ce pas ?

-En effet.

-Vous voyez, je vous l'avais dit. Quant à cette Madame Wyan, j'ai lu son livre, en effet, un drôle de livre, soit dit en passant, assez radical, je pense que cela vous intéresserait, Chandler, eh bien, quand on a lu ce qu'elle écrit, on comprend tout de suite qu'on ne pourra guère transiger avec elle, et lui offrir, disons, une seule peau de castor, voyez-vous. Bon, l'avocat de cette femme transmet à son tour la nouvelle somme à sa cliente, de la belle fourrure, si vous voulez. Celle-ci l'échange avec moi contre une espèce de paix, que je pourrais savourer en marchant le long des dunes, au bord de la mer du Nord. Et non entre quatre murs, ou dans une cour de prison où je pourrais disputer une partie d'échec avec vous, Monsieur Hoveyda. Monsieur Hoveyda, êtes-vous déjà allé en prison ?

-Non.

-Moi non plus naturellement. Mais je sais ce que c'est. Les murs froids et sales, la cour sans soleil, la fréquentation de gens avec qui d'ordinaire on n'aimerait même pas prendre un café. Tout est de la couleur du plomb. Je le sais, j'ai dû rendre visite à mon frère qui y a passé quelques mois et dont il se souviendra jusqu'à sa mort. Alors il faudrait que vous et moi nous en restions là, Monsieur Hoveyda. Monsieur Hoveyda, de quelle somme pensez-vous disposer ?

A Montréal, j'avais acheté un livre, édité aux Presses de l'Université de Laval, intitulé « L'indien sur le chemin de la mort » où il était beaucoup question de ce que Victor, en effet, avance. Il n'invente donc pas ce qu'il raconte à Chandler, Gaspéri et Hoveyda.

Cet ouvrage racontait aussi comment en France, la mode pour la fourrure de castor avait participé à la chute de ce système de troc et anéanti en une seule génération la culture des Hurons, ce dont personne ne se souciait, pas plus les philosophes de l'émancipation, comme Rousseau, qui arborait souvent une toque en fourrure de castor, que les trafiquants.

CHANGER LA VIE

Soudain, Schuman est tiré du sommeil. Il a mal, mais ne sait pas où. Partout. Dans la nuque. Autour des lobes oculaires. Entre les jambes.

Une voix l'a transpercé dans son sommeil. Une voix à pointe métallique et qui fait mal.

Il voit le gris du jour naissant derrière le tulle des rideaux, une lumière laiteuse, traversée d'un fouillis de bruits indistincts, voitures, poubelles, ferraillement de non sens.

Il cherche en étendant le bras, dans le lit à côté de lui, tâtonne, le drap froissé, l'oreiller, non, personne, Clara Clara, puis se souvient, oui Clara, quelques jours, voyage, New York.

Son corps roule sur lui même, tombe lourdement, il est un peu gros, sur le tapis.

Il est nu, à quatre pattes, respire, transpire, se traîne jusqu'à la porte de la chambre, singe fatigué, vieux singe éreinté, descend les escaliers. S'accroche à la rampe, l'escalier tangue, lui arrache quelque chose chaque fois qu'il est ballotté d'un bord à l'autre.

Dans la cuisine, il s'allonge sur le dos, attend que le froid du carrelage adoucisse la douleur. Essaie de penser à son cœur. Il voit son ventre monter, descendre, du rouge battre dans ses tempes, du noir se répandre dans ses oreilles. Il pense je vais mourir.

Une crise cardiaque, non, il n'a pas senti cette étreinte, cette bouche noire qui aspire, qui fait le cœur en carton, il connaît ces symptômes il en a parlé à, comment s'appelle-t-il, son médecin qui l'avait rassuré, un chinois, il lui avait donné un cours de musique en lui expliquant les différences de rythme dans les battements du cœur, tchou tchou, qui était normal, et tchou…tchou tchou, qui ne l'était plus. Puis ils avaient parlé d'autres choses dans ce cabinet où il y avait autant de livres que dans une, une quoi, une bibliothèque, et il avait descendu les escaliers, Clara à son bras, souriante, toujours, et arrivés sur le palier, c'était le printemps, un air plus fluide, plus doux, plus lent, plus rond, du jaune et du vert qui éclatent en silence, par petites touches, les vélos qui brillent, les filles qui ont rejeté leur veste par dessus l'épaule.

Il se met sur le côté, ramène ses cuisses vers lui, se tourne sur le ventre, s'appuie sur le bras gauche, puis sur le droit, et se hisse, comme s'il était lui-même le poids qui le cloue à la terre et la grue qui le tire vers le haut. Il s'agrippe à deux mains au rebord de la table, attend encore, redresse sa colonne, écoute cette voix qui peu à peu se distille dans toute sa chair, mais sent que la douleur est restée sur le carrelage, qu'elle a glissé de son corps.

Il voit l'heure, quatre avril, non l'heure, quatre heures dix, il boit un verre d'eau, l'eau dégouline le long de son menton, on dirait un clochard, un vieux clochard, se dirige vers la salle de bain, se rase, enlève cette limaille de fer qui lui écorche la peau, file sous la douche.

Après, pantalon, chemise, cravate.

Mais lorsqu'il enfile sa veste, au dessus du cœur, soudain il y a un nuage rouge, un coup de poing rouge qui brûle. Il tire son portefeuilles de la poche intérieure, le pose sur la table. Le regarde, comme on regarde un animal inconnu, un rêve obscur, une amibe dont le pouls bat, lumineux, têtu, au fond de l'univers, dans le noir, et qui est le commencement de la vie et qui est la fin. Il en sort une carte de visite, Sombo Kavalindo, écrit en bleu, et taxi, jour et nuit, écrit en rouge.

Biche ô ma biche

Un de ses fils, en plaisantant, lui avait offert, pour son anniversaire, qui tombe le premier jour du printemps, le cd *Non ho l'èta* de Gingliola Cinquetti, parce qu'il n'avait pas trouvé de chanson qui chanterait la fin de l'hiver, et, aussi, pour lui rappeler sa jeunesse. Schuman avait expliqué à son fils que *non ho l'èta* ne signifie pas *ce n'est pas l'été,* mais *je n'ai pas l'âge*, et tout le monde avait rit. Et juste au moment où il se penche, tendant le bras vers la boite à gants, un choc soudain fait trembler la voiture. Il freine brutalement, s'arrête.

Le cd est tombé sur la moquette. Il le ramasse. Regarde la nuit, ne voit rien. Il actionne les phares, mais ils ne fonctionnent presque plus, juste une faible lueur, baveuse. Il cherche une lampe dans la trappe, sous la moquette, écoute le moteur qui tourne encore, fait marche arrière, et descend, le manteau sur la tête, pour se protéger de la pluie.

L'avant de la voiture est enfoncé, les phares sont en miettes, et il devine en se penchant davantage, des traces, du sang peut-être, des traces brunes, visqueuses. Il fait le tour de la voiture, la lampe braquée devant lui, retourne sur ses pas, fouille sur les bas côtés, dans les fossés où gisent encore, gluants, des amas de feuilles mortes de l'automne dernier. Il dirige le faisceau de la lampe sur le talus, s'approche lentement, découvre une masse inerte, d'où une vapeur légère, chaude, s'élève.

Il s'approche encore, hésitant, se penche.

Il pleut toujours. La pluie est la seule chose qui paraît vivante.

Il fait un pas de côté. La tête est presque entièrement arrachée, du sang coule encore de la gorge ouverte, et hors du ventre de la bête, pendent des tranches de chair pleines de sang, des entrailles, brunes, fumantes, et, peut-être du placenta, sur un museau, des yeux clos.

Ensuite il roule à petite vitesse jusqu'au château.

Dans le hall, un jeune homme, costume noir, cheveux brillantinés, l'accueille depuis le comptoir.

-Je viens voir ma mère.

-Je crois qu'elle dort, Monsieur Schuman, je viens juste de faire le tour de l'étage.

-Vous êtes nouveau, il me semble, non ?

-Euh, non Monsieur Schuman, je suis là depuis le mois de décembre. Je fais les nuits depuis que je suis là.

-Laetitia, Laetitia Doinel n'est plus ici ?

-Je la remplace. Elle a démissionné.

-Ah. Bon. Quand ma mère se réveillera, vous lui direz que je suis passé.

-Je ne sais pas si je la verrais, mais je ferais passer le message à l'équipe de jour, Monsieur Schuman.

-Donnez moi la clef d'un garage, j'ai abîmé ma voiture dans l'allée, une biche, ou un chevreuil, je ne sais pas, a traversé juste devant moi, je n'ai rien pu faire.

-Vous voulez que j'appelle un taxi ?

-Non, je vais le faire moi-même.

Messager II

Non, excusez-moi, je ne me souviens pas,

Monsieur,

vous savez je ne suis qu'un chauffeur de taxi, je travaille surtout la nuit, je transporte beaucoup de monde, et donc la nuit plus tous ces gens, non je ne me souviens pas,

vous voulez aller à Compiègne, une petite heure à mon avis, vous voulez que je vous attende là bas,

Monsieur,

bon, c'est comme vous voulez, vous me direz où vous voulez aller à Compiègne, exactement, quelle rue, je vais mettre en route le lecteur de cartes, enfin le GPS, mais vous savez, je suis africain, et là bas, on marche encore avec les étoiles, les odeurs des bêtes sauvages, le vent,

pour transporter des poulets sur ma vieille bicyclette, je trouvais toujours la route depuis le village où on attachait les poulets ensemble, jusqu'au marché où on les égorgeait. Maintenant je transporte surtout des grand-mères, des vieilles grand-mères toutes fragiles, on dirait qu'elles vont se briser en mille morceaux, mais une fois bien installées, vous êtes bien installés,

Monsieur,

derrière, oui c'est très confortable, elles redeviennent des reines, elles me parlent de leur couvée, enfants, petits, arrière-petits-enfants, qui a fait telle école, je veux dire les grandes écoles, au début je croyais que c'était des écoles avec de grands bâtiments, maintenant je sais que ce sont des écoles pour devenir des directeurs, des présidents, et qu'on va les payer très chers pour qu'ils acceptent de devenir des directeurs ou des présidents.

D'après mes vieilles grand-mères, ce sont des métiers très fatigants, avec plein de gens autour qui vous demandent ceci, cela, tous les jours, et jamais la même chose, et eux, d'après mes vieilles grand-mères, ils doivent faire des promesses, dire qu'ils comprennent très bien, je suis tout a fait au courant de cette situation, disent-ils, je comprends très bien, et ils disent qu'ils vont agir, qu'ils vont en parler à d'autres présidents, d'autres directeurs, et puis après, d'autres arrivent et qui leur demandent le contraire, ou autre chose, et alors, ils disent qu'ils vont en parler, qu'ils comprennent, je suis tout à fait au courant de cette situation, et ils font alors d'autres promesses, ils doivent avoir la bouche tordue en fin de journées,

Monsieur, quand ils se couchent enfin dans leur lit, les pieds tout rouges d'avoir marché toute la journée en distribuant toutes ces promesses à droite, à gauche, comme moi quand je plumais mes poulets et que je jetais les plumes au gré du vent.

Mes vieilles grand-mères sont fières d'avoir donner naissance à autant de présidents, de directeurs, c'est comme une terre qui n'a donné que de grands arbres et de bons fruits, de bons champs et de belles récoltes. Mais parfois, il arrive que le sommeil n'est pas venu les trouver dans la nuit, il ne leur a pas dit bonne nuit vieille grand-mère, alors elles ont l'esprit tout agité, elles ne savent plus ce qu'elles disent, c'est comme si quelqu'un parlait à travers leur vieux corps transparent, et cette voix dit des choses, et elles, elles laissent dire, bien installées dans la voiture, les dames du château ont mis plein de coussins dans leur dos, et derrière leur cou, car, la tête ne tient plus très bien, c'est lourd tous ces souvenirs, toute cette tribu.

Et une fois, une de ces vieilles princesses, je l'avais conduite vers le Sud, elle voulait voir sa villa, sa jeunesse,

Monsieur,

ce n'était pas une villa, c'était un palais, elle l'a contemplé depuis la voiture, il y avait des gens qui sortaient, qui entraient, des femmes en robe du soir, élégantes, des voitures rutilantes devant le porche, mais elle ne voulait pas descendre, et d'ailleurs avec ses os comme du verre, et sa chair toute ratatinée, elle ne pouvait pas quitter la voiture, ni même parler, je voyais dans le rétroviseur sa bouche fermée à double tour, ses lèvres soudées par la mort qui semblait rôder, ah oui, je la sentais qui commençait à fureter dans la voiture,

Monsieur.

oui, la mort comme une punaise qui aurait réussi à entrer par une ouverture, par la grille d'aération peut-être, à moins que ce ne soit par celle du chauffage, ou par une vitre que j'aurais mal fermée, enfin, je ne pouvais pas savoir,

Monsieur.

alors la voix qui traversa le corps transparent de ma vieille princesse, qui parla à sa place, vint me frapper à l'oreille, mon fils est un imposteur, dit-elle, c'était vraiment une autre voix qui parlait, ce n'était pas sa voix hésitante, effilochée comme sa vieille chevelure de vieille dame, une voix qui claudique, non c'était une voix comme une voix de livre, et nous étions arrêtés en face de ce palais,

Monsieur,

et puis elle m'a fait un signe de la main, comme le dernier adieu avant la mort, allons-nous-en, et puis après elle a dit comment s'appelait son fils, mais je ne me souviens pas, je ne me souviens que de sa voix, cette voix toute effilochée qui était revenue, toute tremblotante, comme une vieille chatte efflanquée qui serait entrée dans la voiture, mais alors là, bien entendu, il aurait fallu une plus grande ouverture, ou alors c'était la mort qui était entrée peut-être,

Monsieur,

mon fils, il fait de la politique, ah oui ça me revient, Schuman, elle m'a dit, vous le connaissez peut-être, non ? mais moi, un ancien sauvage, la politique de votre pays, je n'y comprends rien, tous ces hommes qui tournent comme des derviches, des sorciers, qui apparaissent, disparaissent, apparaissent comme par enchantement à la télévision, un jour mon cousin m'a dit, cette histoire c'est juste une guerre de chefs, des chefs qui se disputent pour avoir le palais, avoir toutes les femmes, et le peuple il adore ça ce spectacle, tous ces chefs qui se disputent, et il a éclaté d'un grand rire, alors je ne m'y intéresse pas,

et donc cette vieille voix toute effilochée, c'est un imposteur, disait-elle, il dit qu'il fait de la politique, mais il, enfin excusez-moi

Monsieur,

c'est le mot qu'elle a employé, il ne fait que coucher, et que penser à ça tout le temps, c'est un imposteur parce qu'il fait semblant de réfléchir à des choses sérieuses, aux pauvres, par exemple, à la misère, enfin tout ce dont il faut bien s'occuper un jour, n'est-ce pas, disait-elle,

Monsieur,

alors qu'en réalité il ne pense qu'à toutes ces femmes qui passent devant lui, un vrai porc, c'est ce qu'elle disait, Monsieur.

Toro

-Monsieur, Monsieur, il ne faut pas descendre de ce côté ! C'est trop dangereux !

La voiture de Sombo est arrêtée sur le bord de la route. Un semi remorque vient juste de les doubler, sans ralentir, déchirant la nuit, secouant et éclaboussant la voiture.

Schuman a ouvert la porte du mauvais côté, la claque violemment, fait le tour, et vomit, penché au dessus du fossé. Il tombe à genoux sur le bord du talus. Sombo lui donne une tape amicale dans le dos, délicatement.

-Monsieur, Monsieur, que se passe-t-il ? Vous êtes malade ?

Schuman tente de se relever en s'appuyant sur le bras de Sombo. Tousse plusieurs fois.

-Vous auriez un mouchoir, de l'eau ? Oui, donnez-moi de l'eau.

Sombo retourne dans le taxi et revient avec une bouteille. Schuman est retombé à genoux, se tenant le ventre, tête baissée, et sur son crâne, dans le cou, il pleut.

La pluie tombe sur les champs de betteraves, sur les

talus graisseux, sur le gasoil, sur cette grande lame de goudron noir qui rugit et tranche la nuit en deux.

-Finalement, je n'ai pas soif. Je veux qu'on me laisse tranquille.

-Montez dans la voiture, au moins, Il fait froid, et nous ne pouvons pas rester là plus longtemps, c'est dangereux.

-Non, je vous dis, laissez-moi tranquille. Partez. Combien je vous dois ?

-Mais je ne vais pas vous laisser là. Nous ne sommes pas encore arrivés. Compiègne est à cinq kilomètres encore. Nous sommes en pleine campagne !

-Justement. Je vais à Jarnoncourt, ça doit être tout près.

Il sort son portefeuilles, en tire une liasse, au moins deux mille euros, et la fourre dans la poche de Sombo.

-Non, non, ne me remerciez pas, c'est bon, partez maintenant, je vais y aller à pied.

Schuman gravit le talus, débouche dans un champ de betteraves. Il ne sait pas qu'il s'agit d'un champ de betteraves, il sent sous ses chaussures les mottes de glaise, la chair molle des feuilles, les creux, les bosses, les flaques, où il trébuche.

Il tombe plusieurs fois, la boue entre dans ses chaussures, et de l'eau, flac, flac, il voit une lumière cahotante, un tracteur peut-être, il appelle, ho ho, il est comme un naufragé en plein océan, mais le bruit du moteur s'éloigne, il arrive jusqu'à une haie, un détritus végétal, une poubelle de verdure noirâtre où il souffle un moment. Il s écorche les mains, tire une flasque de whisky de sa poche, boit une goulée, crache, tousse. Il s'aperçoit qu'il est enfin sur un chemin.

Il entend à nouveau le moteur qui se rapproche, un toussotement rauque, un ferraillement, il voit un monstre émerger de l'obscurité, masse de métal, de bruit et de lumière.

-Oh oh !

Là haut, dans la cabine, un homme, coiffé d'une chapka avec des rabats sur les oreilles.

-Ah, j'ai failli ne pas vous voir !

-Je cherche le village de Jardoncourt.

-Jardoncourt ? Par ici ? Je ne connais pas.

-C'est peut-être Jardicourt, ou…

-Non plus, ça ne me dit rien.

-Harnoncourt, peut-être ? Ca ne vous dit vraiment rien ?

-Non.

-Qu'est-ce que vous transportez dans cette remorque ? Une vache ? Elle n'a pas l'air contente.

-Un taureau. On s'y est mis à au moins dix pour le faire entrer. Je le change de pré. Il faut qu'il voie autre chose, sinon il perd de sa vigueur. Il commençait à s'ennuyer, à devenir un peu mélancolique. Chagrin, même.

-Peut-être que c'est Olancourt.

-Ah non, je ne vois vraiment pas. Un taureau ça peut être sentimental, vous le saviez ?

-Non. Brettencourt ?

-Ca ne me dit rien.

-Hardincourt. Ca ne serait pas ça ?

-Non je ne vois pas. On s'attache à ses bêtes, hein, c'est normal, on n'a pas envie qu'elles souffrent. Ah, les sentiments, qu'est-ce qu'on peut y faire, hein ?

-Armancourt ?

-Ah Armancourt, ah oui, ce n'est pas loin. Tenez, c'est juste de l'autre côté de la prairie. Droit devant vous.

Vox II

Enfin, il sent de la bonne herbe fraîche, il la voit bleue malgré la nuit, et devant lui, de l'autre côté de la prairie, des lumières, douces, éclatent.

Au creux de son corps, il entend à nouveau cette voix qui l'a transpercé le matin, la voix maintenant est ténue, un fil qui le tire, une voix dont il essaie de trouver la couleur, noire, blanche, il ne sait pas, mais il entrevoit la bouche qui l'émet, le corps où elle naît.

Il franchit le ruisseau qui sépare la prairie du village. La rue monte sous l'éclairage orange des réverbères, un mat avec, au sommet, comme un oiseau tenant la lumière dans son bec. La rue est pavée, luisante sous la pluie.

En haut de la rue, Schuman a mis plus de dix minutes pour y arriver, il y a une grande place pavée, une fontaine avec un dauphin qui crache, en souriant, l'eau transparente, et dans le demi cercle de la place baignant dans cette lumière orangée, de belles façades anciennes, des hôtels particuliers en pierre, de grandes et hautes portes en bois, et sur trois étages, des fenêtres à meneaux, élancées.

Schuman, crotté, la veste déchirée, froissée, plonge ses mains dans le bassin, s'asperge le visage, et le corps toujours guidé par cette voix, toujours tiré par ce fil, se dirige vers le fond de la place, marche vers la façade d'un hôtel Renaissance, où, à la fenêtre du troisième étage, une lumière brille.

Sur le perron il s'assied maladroitement, enlève ses chaussures, il a très mal aux pieds, il marche depuis des heures, ce dont il n'a pas l'habitude, surtout dans des champs de betteraves et dans des prairies gorgées d'eau. Puis il se remet sur ses pieds, recule pour regarder la fenêtre, là haut au troisième étage.

Schuman mesure un mètre soixante dix huit, la fenêtre du troisième étage est à près de dix mètres de haut, mais il aperçoit une femme devant un ordinateur, le visage auréolé par la lueur de l'écran. Il voit ce qu'elle est en train d'écrire, les mots naissent sur l'écran en même temps qu'elle frappe les touches.

Les mots chantent, s'élèvent comme des grappes de sons, des fleurs de papiers qui montent, s'envolent. Elle écrit vite, les pages jaillissent de l'ordinateur, il lit, l'orage, les arbres ployant sous la pluie, des corps qui roulent dans la boue, l'accident, le verre qui éclate, le métal, le sang, la chevelure rousse coincée sous l'airbag, la vie de Suzan brisée en deux, et elle, quittant son poste de veilleuse de vieilles dames, fuyant l'ombre de Schuman, puis Suzan dans son fauteuil roulant, Victor en train d'écrire des romans américains à Manhattan, assis sur un banc au bord de l'Hudson, près du pont de Brooklyn, un carnet à la main, levant les yeux un moment pour réfléchir, puis Victor encore dans son plus beau rôle, les nuits volées dans la forêt de Gèze, Victor main dans la main avec elle, franchissant le seuil d'une auberge au milieu d'une clairière, puis les avocats, les costumes chics, les belles phrases, et toute une mallette de billets sur la table devant un fauteuil roulant en acier chromé, et Sophie traversant une rivière sur un pont piétonnier, prenant rendez vous avec des italiens mangeurs de morts, et Victor prenant rendez vous avec une balle de revolver.

A ce moment là, Schuman, toujours sous cette fenêtre du troisième étage, petit homme dont l'ombre vacille sur le pavé, reçoit un coup dans le ventre, pourtant il n'y a personne d'autre que lui sur cette place, seulement son ombre et le bruit de la fontaine, il court vers les marches du perron, se tenant le bas ventre à deux mains, il marche comme un crabe, il s'allonge, ou plutôt il tombe, il souffre, mais il ne peut pas hurler, il dégrafe son pantalon, il a du mal à le dégrafer, déchire sa chemise, les boutons sautent sur le pavé, il grimace, du sang, il a du sang plein les mains, il y a du sang sur son pantalon, une matière poisseuse, son sexe est tranché net, il pend comme une vieille betterave pourrie, le sang jaillit, il veut dire quelque chose, donnez moi un peu d'air, donnez moi un peu d'air, il voit sur l'écran les derniers mots, Schuman est mort, et Laetitia mettant le point final après le dernier mot.

Chez le même éditeur

Arthur Bayle	*Au fond du monde*
Dino Ricci	*Nietzsche en Italie*
Jean Giono	*Les Héraclides*
Denis Arché	*Rimbaud images fantômes*
Sara Lutz	*La folie de Sophie*
Jean-René Farrayre	*C'est curieux chez les cyclistes…*
Adrien Becker	*Il commence à faire froid*
Denis Arché	*Le bleu de Becker*
Arthur Bayle	*A la folie*
Jean Giono/F. Brun	*Le déserteur*
Sara Lutz	*Wonder*
Dino Ricci	*La guerre climatomique*
Dino Ricci	*Blabla*

Editions Totem 26310 Miscon 0607276139
editionstotem@gmail.com

Impression & brochage - France
Numéro d'impression : N13444220375 - Achevé d'imprimer : mai 2022
Dépôt légal : mai 2022
IMPRIM'VERT®

Certifié PEFC
Ce produit est issu de forêts gérées durablement et de sources contrôlées
PEFC
10-31-3532
www.pefc-france.org